让孩子受益一生的经典

伊索寓言

Yi Suo Yu Yan

张在军　主编

注音彩图版

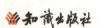
知识出版社

图书在版编目（CIP）数据

伊索寓言 / 张在军主编. -- 北京：知识出版社，2014.1

（让孩子受益一生的经典名著）

ISBN 978-7-5015-7892-4

Ⅰ．①伊… Ⅱ．①张… Ⅲ．①寓言—作品集—古希腊 Ⅳ．①I545.74

中国版本图书馆CIP数据核字(2013)第315909号

让孩子受益一生的经典名著

伊索寓言

出 版 人：姜钦云
责任编辑：万卉
美术设计：北京心文化图书工作室
出版发行：知识出版社
地　　址：北京市西城区阜成门北大街17号
邮政编码：100037
电　　话：010-88390659
网　　址：http://www.ecph.com.cn
印　　刷：永清县晔盛亚胶印有限公司
开　　本：155mm×220mm　1/32
版　　次：2014年1月第1版
印　　次：2017年8月第5次印刷
书　　号：ISBN 978-7-5015-7892-4
定　　价：25.00

伊索被誉为"希腊寓言之父"，"西方寓言的开山鼻祖"。《伊索寓言》是世界上最古老、影响最大的寓言，由于形象生动、寓意深刻、富于哲理，在全世界流传两千五百余年而经久不衰。狼责备小羊把水搅浑，而小羊是怎样回答的呢？宙斯想要为鸟类立一个王，指定一个日期，要求众鸟全都按时出席，那么谁会成为鸟王呢？"狼来了，狼来了……"那么狼真的来了吗？乌龟和兔子赛跑，那么谁会赢得这场比赛呢？……

《伊索寓言》故事生动有趣，启迪着学生的心智，呵护着学生的心灵，陶冶着学生的情操。对学生的人生观、价值观以及人格、修养、心态、志趣、能力等方面有着深远的影响和熏陶。让我们一起踏上愉快的阅读旅程吧！

一张图读懂《伊索寓言》

作者：伊索

· 故事来源 ·

原书名为《埃索波斯故事集成》，是古希腊、古罗马时代流传的讽喻故事，经后人加工，成为现在流传的《伊索寓言》。

· 作品影响 ·

《伊索寓言》短小精悍，比喻恰当，形象生动，对法国的拉封丹、德国的莱辛、俄国的克雷洛夫都产生了明显的影响。它不仅是向少年儿童灌输善恶美丑观念的启蒙教材，而且是一本生活的教科书，对后世产生了很大的影响。

· 文学价值 ·

《伊索寓言》是古希腊文学的重要组成部分，它的价值并不亚于希腊神话、荷马史诗。《伊索寓言》文字凝练，故事生动，想象丰富，饱含哲理，融思想性和艺术性于一体。

伊索寓言，它有着千古不朽的艺术魅力，无论时尚如何改变，它都有办法满足于任何时尚的任何人。

——思想家纪德

· 经典形象 ·

狐狸

狗

乌鸦

· 主题思想 ·

《伊索寓言》中的角色大多是拟人化的动物，它们的行为举止都是人的方式，作者借以形象化地说出某种思想、道德意识或生活经验，使读者得到相应的教育。

栏目介绍

亲子阅读，就是以书为媒，以阅读为纽带，让孩子和家长共同分享多种交流形式的阅读过程。通过共读，让父母与孩子一起分享读书的感动和快乐。

名师导读

让孩子带着问题去阅读，不但可以提高孩子的阅读兴趣，还可以加深对文章的理解，同时把握重点，引导孩子阅读。

鉴赏心得

一个简单的故事，足以给人意味深长的人生启示！将故事中蕴涵的人生哲理以最简单、最朴实的方式呈现给孩子，直入心灵，让孩子获得人生感悟。

字词注释

将文章中运用精彩的词语用不同的字体和颜色加以标注，同时对一些难以理解的词语进行注释，帮助孩子在阅读中积累知识，同时达到无障碍快乐阅读的目的。

读后感

让孩子把从书中领悟到的道理或精湛的思想写出来，同时为孩子提供读后感摹写范本，让孩子真正掌握这一种常用的应用文体。

CONTENTS

目 录

xiǎo máo lú guò hé
小毛驴过河

名师导读

　　驮着装盐的口袋过河的小毛驴，一不小心滑倒在水里，他会遇到什么神奇的事情呢？这样的经历又会对小毛驴日后的工作产生怎样的影响呢？

　　夏日的一天，小毛驴驮着**沉甸甸**的装盐的口袋在烈日下赶路，累得浑身都是汗。他一边走一边嘀咕："该死的口袋怎么这么沉，累死我了！"

　　小毛驴艰难（很困难）地迈着步子。一会儿，他看到前面亮闪闪一片，定睛一看："嗬！太好了，是一条河！"

1

小毛驴驮着盐走到河边，想喝水解渴。他看见河里有几条小鱼游来游去的，挺好玩儿，就在河中边走边看。他只顾着看鱼，一不小心踩在一块鹅卵石上，前蹄一滑，扑通一声摔倒在河里。幸亏河水浅，小毛驴扑腾了几下就站了起来。

他抖抖身上的水，继续朝前走去。咦！奇怪，身上怎么变轻了？盐袋子还在呀，是不是这条河有魔力呢？小毛驴高兴地想。

几天以后，小毛驴驮着棉花又经过那条河，想起上次过河时的美事，他想再试一下。他走到河中央，还在水里浸了一会儿。没想到，站起来后背上反而变沉了！

小毛驴想：这是什么河水呀，能让盐变轻，却让棉花变重？

鉴赏心得

小毛驴的教训告诉我们，无论学习、工作还是处事，都要脚踏实地，安分守己，千万不能有投机取巧的想法。

小老鼠和大狮子
xiǎo lǎo shǔ hé dà shī zi

名师导读

　　一只小老鼠不小心冒犯了狮子，为了恳求狮子放过自己，他承诺日后一定会报答狮子。狂妄自大的狮子需要老鼠的帮助吗？弱小的老鼠有没有报答狮子的本事呢？

　　夏日的一天中午，一只狮子吃饱后躺在树荫下打盹儿。

　　这时，一只饥饿的小老鼠蹿了过来，他饿得两眼发花，发现前面一团毛茸茸的东西，以为是好吃的，就扑了过去。

　　没想到那其实是狮子的**鬃毛**（狮子或者马等动物生在颈部或背侧的较长的毛），狮子被弄醒了，生气地喊道："好你个小东西！竟敢到我这儿捣乱，看我不吃了你！"

　　小老鼠吓得连连求饶："对不起，对不起，大王！请您饶了我吧，将来我一定会报答您的！"

　　小老鼠一番话说得狮子**哭笑不得**："笑话，就

你这么个小东西能有什么本事报答我？算了算了，你走吧！"

小老鼠战战兢兢（因为害怕而浑身哆嗦的样子）地谢过狮子，赶快逃走了。

几天后，狮子在森林里散步，发现一大块散发着香味的肥肉。他高兴地奔了过去，刚要张嘴去咬，却一下子被一张从天而降的大网套住了。

狮子大声咆哮（因为生气或恼怒而大声吼叫的声音）着，却没办法挣脱。

正在这时，他听到地上一阵"吱吱吱"的叫声，低头一看，原来是那天吵了自己午觉的小老鼠。

xiǎo lǎo shǔ duì shī zi shuō dào　　　　 dà wáng bié jí　 wǒ zhè jiù lái
小老鼠对狮子说道："大王别急，我这就来

jiù nǐ
救你。"

xiǎo lǎo shǔ gā zhī gā zhī de yǎo zhe dà wǎng　 méi yī huì er dà
小老鼠嘎吱嘎吱地咬着大网，没一会儿大

wǎng jiù bèi yǎo pò yī gè dà dòng　 shī zi zuān chū wǎng　 duì xiǎo lǎo shǔ
网就被咬破一个大洞。狮子钻出网，对小老鼠

shuō　　 méi xiǎng dào nǐ hái zhēn yǒu liǎng xià zi　 xiè xie nǐ
说："没想到你还真有两下子，谢谢你！"

鉴赏心得

　　这则寓言故事告诉我们，要学会全面客观地评价人物，不能只看到别人的缺点，同时还要看到别人的长处。

狼来了

放羊娃为了寻开心，谎称"狼来了"捉弄大家，农夫们会相信他的话吗？受了愚弄的农夫们会怎样看待这个孩子？放羊娃将为谎言付出怎样的代价呢？

从前，有个小放羊娃，每天都到山上放羊。

一天，他觉得一个人放羊很没意思，就想到一个捉弄（戏弄、逗弄、玩弄别人，使别人难堪）大家的主意。他向着山下正在种田的农夫们大声喊道："狼来了！狼来了！救命啊！"

农夫们听到喊声急忙拿着锄头和镰刀，抓起

6

棍子，往山上跑，他们边跑边喊："不要怕，孩子，我们来帮你啦！"农夫们赶到山上一看，这儿连狼的影子都没有。放羊娃却在一旁哈哈大笑："真有意思，你们上当了！"农夫们非常生气，都说这孩子不懂事。

过了几天，放羊娃又故伎重演（再次使用老花招或者老手法），农夫们有些犹豫，担心这个孩子又骗他们，但他们还是又冲上来帮他打狼，可他们又一次被骗了。放羊娃笑得直不起腰："哈哈！你们又上当了！"

这天，太阳快下山的时候，狼真的来了，放羊娃害怕极了，拼命地向山下喊："狼来了！救命啊！"农夫们听到放羊娃的喊声，却再也没人相信他了。

鉴赏心得

放羊娃因为说谎话捉弄大家，失去了人们对他的信任，最终付出了惨重的代价。由此可见，说谎害人又害己，得不偿失。

guī tù sài pǎo
龟兔赛跑

在动物家族里，兔子是有名的短跑健将，他看不起乌龟做事情慢腾腾的样子，决定和乌龟赛跑。乌龟会有获胜的机会吗？

wū guī de xīn jiā jiù zài tù zi jiā páng biān　　tù zi hěn kāi xīn hé wū
乌龟的新家就在兔子家旁边，兔子很开心和乌

guī chéng le lín jū　kě méi guò jǐ tiān　　tù zi jiù shī wàng
龟成了邻居。可没过几天，兔子就失望（对别人的

le　zhè ge wū guī　　gàn shén me dōu màn téng téng de
表现失去信心）了。这个乌龟，干什么都慢腾腾的，

jiù lián sàn bù yě yào tù zi zài qián miàn děng
就连散步也要兔子在前面等。

bèn guī　tù zi shēng qì de shí hou zǒng shì zhè yàng hǎn wū guī
"笨龟！"兔子生气的时候总是这样喊乌龟。

wū guī yě shēng qì le　　nǐ yào shì zài zhè yàng shuō wǒ　　wǒ jiù bān
乌龟也生气了："你要是再这样说我，我就搬

jiā lí kāi zhè er
家离开这儿！"

tù zi bù fú qì de shuō　　nǐ jiù shì màn　　màn sǐ le　　bú xìn
兔子不服气地说："你就是慢，慢死了，不信，

wǒ men bǐ sài
我们比赛！"

bǐ jiù bǐ　　tā men yuē dìng　　yào shì tù zi yíng le　　wū guī
"比就比！"他们约定，要是兔子赢了，乌龟

jiù bù bān jiā　yào shì wū guī yíng le　　tù zi cóng cǐ bù xǔ zài shuō bèn
就不搬家；要是乌龟赢了，兔子从此不许再说"笨

龟"两个字。

比赛的地点就在山坡下，终点就是山上的那棵大树。比赛开始了，兔子甩开四条腿，像箭一样向前冲去，很快就把乌龟甩在了身后。兔子回头一看，乌龟连影子还没有呢。唉！和乌龟比赛真没意思呀！还是等等他吧。

兔子一边等一边张望（向四周和远处看）："这个笨龟怎么还没跟上？"

兔子站累了，干脆躺着等。就是睡上一觉，恐怕他也追不上来！想着想着，兔子真的睡着了。

这时，满头大汗的乌龟终于赶上来了。他从兔子身边跑过去的时候，兔子还呼呼大睡呢！

guò le hǎo jiǔ　　 tù zi yī shēn lǎn yāo　 zhōng yú xǐng le　　 kàn
过了好久，兔子一伸懒腰，终于醒了。看

kan hòu biān　 méi yǒu wū guī de yǐng zi　　 zài kàn kan qián biān　 bù
看后边，没有乌龟的影子，再看看前边，不

hǎo　 wū guī jiù yào dào dá zhōng diǎn le　　 tù zi sā tuǐ jiù pǎo
好！乌龟就要到达终点了。兔子撒腿就跑（立

刻就开始奔跑）， kě nǎ lǐ hái zhuī de shàng a　　 wū guī yíng le
刻就开始奔跑），可哪里还追得上啊！乌龟赢了！

wū guī dāng rán méi yǒu bān jiā　　 tù zi yě bú zài hǎn bèn guī le　 tā
乌龟当然没有搬家，兔子也不再喊笨龟了，他

men chéng le yī duì hǎo péng you
们成了一对好朋友。

　　兔子的速度虽然很快，却因为骄傲轻敌，输给了乌龟。乌龟凭借着坚持不懈的努力，取得了最后的胜利。可见态度比能力更重要。

láng hé xiǎo yáng
狼和小羊

狼和小羊都到河边喝水，狼找出各种借口想吃掉小羊，小羊则竭力为自己辩解，善良的小羊能从狼口脱险吗？

tiān tài rè le
天太热了。

yǒu yī tiān   yáng mā ma qù gěi xiǎo yáng zhǎo nèn cǎo   xiǎo yáng rè
有一天，羊妈妈去给小羊找嫩草，小羊热

de shòu bù liǎo   jiù dú zì   zǒu dào hé biān qù hē
得受不了，就独自（单独一个人）走到河边去喝

shuǐ   zhè shí   zhèng hǎo yǒu yī zhī láng kǒu kě le   yě lái dào hé biān
水。这时，正好有一只狼口渴了，也来到河边

hē shuǐ
喝水。

xiǎo yáng duǒ shǎn bù jí   hé láng zài hé biān xiāng yù le
小羊躲闪不及，和狼在河边相遇了。

láng yī kàn dào xiǎo yáng   gāo xìng de bù dé liǎo   xīn xiǎng   hā hā
狼一看到小羊，高兴得不得了，心想：哈哈！

wǒ yǒu chī de la   tā kàn kan zhōu wéi zài méi yǒu qí tā dòng wù le   jiù duì
我有吃的啦！他看看周围再没有其他动物了，就对

xiǎo yáng shuō   nǐ jìng gǎn dào wǒ de hé lǐ lái hē shuǐ   bǎ wǒ de hé shuǐ
小羊说："你竟敢到我的河里来喝水，把我的河水

dōu nòng zāng le
都弄脏了！"

xiǎo yáng shuō   wǒ shì zài nǐ de xià yóu hē shuǐ   zěn me huì nòng zāng
小羊说："我是在你的下游喝水，怎么会弄脏

hé shuǐ ne   zài shuō   wǒ kàn jiàn suǒ yǒu de dòng wù dōu lái zhè lǐ hē shuǐ
河水呢？再说，我看见所有的动物都来这里喝水。"

狼说："胡说！谁也不许到我的河里喝水，你也不能！你在前年用角把我顶伤了，所以，我要吃了你！"

小羊说："可我还不到一岁呢。"

狼又说："那就是你哥哥，或者是你叔叔什么的，反正是你们羊！你们个个都想欺负我，总想抢我的食物！"

小羊说："你们狼是吃肉

12

de wǒ men yáng kě shì chī cǎo de ya
的，我们羊可是吃草的呀。"

láng tīng le nǎo xiū chéng nù
狼听了恼羞成怒（因为十分羞愧，下不了台而发怒），

hǒu dào zhù kǒu nǐ zhè ge huài dōng xi fǎn zhèng wǒ yào chī le nǐ
吼道："住口！你这个坏东西，反正我要吃了你！"

xiǎo yáng kū dào kě shì wǒ bìng méi yǒu zuò cuò shì ya
小羊哭道："可是我并没有做错事呀！"

láng shuō hā nǐ cuò de duō le nǐ bú ràng wǒ chī nǐ jiù shì
狼说："哈！你错的多了，你不让我吃你就是

yī tiáo
一条！"

shuō wán láng xiàng xiǎo yáng pū qù xiǎo yáng huāng máng táo zǒu kě shì méi
说完狼向小羊扑去，小羊慌忙逃走，可是没

pǎo chū jǐ bù jiù bèi láng zhuī shàng le è láng yī kǒu diāo zhù xiǎo yáng bǎ
跑出几步，就被狼追上了。恶狼一口叼住小羊，把

tā tuō jìn le shù lín
他拖进了树林。

鉴赏心得

这则故事告诉我们，面对那些凶残狡诈的敌人，我们不能心存幻想，如果没有把握获胜，就得考虑尽快巧妙安全地脱身。

wū yā hē shuǐ
乌鸦喝水

又累又渴的小乌鸦找到了一个装水的瓶子，尽管瓶颈太长，水又太少，小乌鸦还是想出了喝水的办法。你能猜出小乌鸦想到的是什么办法吗？

从前，有一只小乌鸦，他非常聪明，并且很善于动脑筋。

有一天，他要去看望生病的姥姥。姥姥的家在遥远（很远很远）的森林里，要飞很长的时间。小乌鸦飞了一会儿后，感到又累又渴，想歇一会儿找点水喝。可最近这个地区正在闹旱灾，河里、池塘里的水全干了。小乌鸦找哇找哇，忽然，看见不远处的大石头上有一个大瓶子。小乌鸦飞近一看，瓶子里面有半瓶水，他高兴极了，伸嘴就喝。不料，瓶颈太长，水又太少，怎么也喝不到嘴里。他想把瓶子推倒，可瓶子又笨又重，怎么推都推

bú dòng
不动。

zěn me bàn　　xiǎo wū yā
怎么办？小乌鸦

jí de wéi zhe shuǐ píng tuán
急得围着水瓶团

tuán zhuàn　tū rán　　tā
团转。突然，他

de jiǎo bèi yī kuài xiǎo shí
的脚被一块小石

zǐ gè le yī xià　　kàn
子硌了一下，看

zhe mǎn dì de shí zǐ　tā líng jī yī dòng
着满地的石子，他灵机一动（急忙中临时想了一个办法）。

yǒu le　　xiǎo wū yā yòng zuǐ xián zhe yī kē kē shí zǐ tóu dào píng
"有了！"小乌鸦用嘴衔着一颗颗石子投到瓶

zi lǐ　bù yī huì er jiù tóu le hěn duō　　suí zhe shí zǐ shù liàng de zēng
子里，不一会儿就投了很多。随着石子数量的增

jiā　　píng zi lǐ de shuǐ wèi yě màn màn de shēng gāo le　hā hā　xiǎo wū
加，瓶子里的水位也慢慢地升高了！哈哈，小乌

yā gāo xìng jí le　　tā yuè gàn yuè kuài　méi guò duō jiǔ　shuǐ jiù shàng shēng
鸦高兴极了。他越干越快，没过多久，水就上升

dào le píng zi kǒu　xiǎo wū yā fǔ xià shēn tòng kuài de hē le gè gòu
到了瓶子口，小乌鸦俯下身痛快地喝了个够。

　　这则故事告诉我们，在困难面前，我们也要像小乌鸦那样，开动脑筋，沉着应对，充分利用现有的条件解决问题。

翠鸟

名师导读

居住在海上的翠鸟为什么喜欢偏僻的地方？他们为什么要把巢筑在人迹罕至的海岸边的岩石上？这种筑巢的方式是否安全？请从下面的故事里寻找答案吧。

居住在海上的翠鸟十分喜欢偏僻的地方，传说她为了逃避人类的猎捕，常常在人迹罕至（很少有人到达的地方）的海岸边的岩石上筑巢。

有一次，在孵卵的季节，一只翠鸟走到

一处海岬，相中了临海的一块岩石，就在那里筑起鸟巢。

一天，就在她外出觅食的时候，海上忽然狂风大作，汹涌的波浪一浪高过一浪，冲到岩石上，结果把翠鸟的鸟巢给卷走了，小鸟被卷到海里，消失得无影无踪（完全消失不见，连影子都找不到）了。

当翠鸟回来后，见到这般景象，痛苦地说道："我真不幸啊，我小心防备着陆地上的猎捕，才逃到这里来，谁能想到大海更靠不住哇。"

鉴赏心得

　　翠鸟为了躲避人类的猎捕，在海边的岩石上筑巢，没想到鸟巢被海浪卷走。如果人类不去伤害翠鸟，或者翠鸟在考虑问题的时候，能够想得再周全一些，就不会有如此狼狈的下场。

mǎ cáo zhōng de gǒu
马槽中的狗

饥饿难耐的看家狗苦苦等待着主人归来，忽然，他看到两匹马在悠闲地吃草，他心里会产生怎样的想法？他又会怎么做呢？

tiān sè yǐ jìn huáng hūn
天色已近黄昏（指的是太阳落山了以后，天还没有完

全黑的这一段时间），nóng zhuāng de zhǔ rén wài chū hái méi yǒu huí lái zhè
农庄的主人外出还没有回来，这

kě jí huài le kān jiā gǒu kān jiā gǒu wèi shén me zháo jí ne è ya zhǔ
可急坏了看家狗。看家狗为什么着急呢？饿呀！主

rén zǒu le yī tiān le gǒu yě è le yī tiān le
人走了一天了，狗也饿了一天了。

gǒu jí de zhí zhuàn quān er tā xiǎng yào shì xiàn zài néng yǒu bàn pén
狗急得直转圈儿，他想：要是现在能有半盆

ròu tāng pèi shàng zhǔ rén shèng xià de miàn bāo nà chī qǐ lái de gǎn jué jué
肉汤，配上主人剩下的面包，那吃起来的感觉绝

duì bàng rú guǒ zài lái yī kuài dài zhe yī xiē ròu jīn de gǔ tou jiù gèng wán
对棒！如果再来一块带着一些肉筋的骨头，就更完

měi le gǒu yuè xiǎng yuè è kāi shǐ wéi zhe yuàn zi zhuàn yōu hū rán
美了……狗越想越饿，开始围着院子转悠。忽然，

gǒu kàn dào zhǔ rén de liǎng pǐ mǎ zhèng zài yōu xián de chī cǎo liào gǒu gǎn dào hěn
狗看到主人的两匹马正在悠闲地吃草料。狗感到很

bù gōng píng tā shuō zhǔ rén dào xiàn zài hái méi huí lái nǐ men hái yǒu
不公平！他说："主人到现在还没回来，你们还有

xīn qíng chī dōng xi
心情吃东西？"

liǎng pǐ mǎ kàn le kàn gǒu shuō zhǔ rén de shì qing wǒ men nǎ lǐ
两匹马看了看狗，说："主人的事情我们哪里

guǎn de liǎo wa
管得了哇。"

mǎ shuō wán jì xù chī cáo lǐ de cǎo liào   kàn zhe liǎng pǐ mǎ bù tíng
马说完继续吃槽里的草料。看着两匹马不停

jǔ jué   de zuǐ ba   gǒu
咀嚼（为了把东西咬碎而含在嘴里反复的嚼）的嘴巴，狗

gèng è le   tā shí zài rěn shòu bù liǎo le   jiù cuān dào mǎ cáo lǐ yī tǎng
更饿了。他实在忍受不了了，就蹿到马槽里一躺，

bǎ liǎng pǐ mǎ de cǎo liào quán yā zài shēn zi dǐ xià le
把两匹马的草料全压在身子底下了。

liǎng pǐ mǎ qì fèn de duì gǒu shuō   nǐ bù chī gān cǎo   hái bú ràng
两匹马**气愤**地对狗说："你不吃干草，还不让

bié rén chī   nǐ ái è jiù děi ràng bié rén péi zhe yī qǐ ái è   tài zì sī
别人吃。你挨饿就得让别人陪着一起挨饿，太**自私**

le
了！"

既然自己吃不到东西，别人也别想吃，怀着这种狭隘的心理，看家狗干脆躺到马槽里，阻止两匹马吃草料。这种损人不利己的事情，还是少做为好。

<ruby>农<rt>nóng</rt></ruby> <ruby>夫<rt>fū</rt></ruby> <ruby>留<rt>liú</rt></ruby> <ruby>下<rt>xià</rt></ruby> <ruby>的<rt>de</rt></ruby> <ruby>宝<rt>bǎo</rt></ruby> <ruby>贝<rt>bèi</rt></ruby>

名 师 导 读

农夫临终前告诉三个儿子，他在自家田地里埋下了宝贝。三个儿子能找到农夫所说的宝贝吗？这件事情会对三个懒惰的儿子产生怎样的影响呢？

在一个小山村里，有一位非常**勤劳**的农夫，可他的三个儿子却十分**懒惰**。有一天，农夫**病危**（病情十分危险，随时可能失去生命），他对三个儿子说："咱家有一个宝贝，等我不在了，你们就到咱家的田里去找吧！"

春天的时候，农夫**去世**了，他的三个懒儿子开始在自家的田里找宝贝。可是，他们找遍了每个角落也没发现宝贝的影子。难道宝贝被埋在了地下？尽管挖土很累，但他们还是坚持着挖遍了田里的每一寸土地，可仍然没见到什么宝贝。这时，大哥说："反正田地已经翻过了，索性我们撒点种子吧。"种子撒下了，不久就破土发芽了，而且长得特别好。转眼秋天到了，田地里是一片醉人的金黄。总不能看着已经成熟的庄稼烂在地里吧，兄弟三人决定把庄稼收割回家。尽管他们累得腰酸腿疼，但还是**坚持**了下来。望着用自己劳动换来的**丰收**的粮食，兄弟三人又想起了爸爸说的那个宝贝。亲生父亲怎么会**欺骗**自己的儿子呢？三个人站在收割后的田里冥思苦想……

鉴赏心得

　　三个儿子终于明白了父亲的良苦用心。无论多么巨大的财富，都有用完的时候，而勤劳却可以让人终身受益。

<h1 style="text-align:center">lú zi hé zhòng yuán rén
驴子和种园人</h1>

整天跟着种园人拉水灌溉，却只能吃一些草料，驴子觉得跟着这样的主人太委屈了，就到主神宙斯那里祈求更换主人。宙斯会答应驴子的请求吗？

měi tiān tiān gāng liàng　zhòng yuán rén jiù ràng lú zi lā mò　　bái tiān
每天天刚亮，种园人就让驴子拉磨。白天，

lú zi hái děi qù hěn yuǎn de hé lǐ lā shuǐ　**guàn gài**
驴子还得去很远的河里拉水，灌溉（用水浇灌田地）

tián dì　　kě zhǔ rén zhǐ gěi tā chī cǎo liào　　jī hū bù gěi liáng shi　　zhí dào
田地。可主人只给他吃草料，几乎不给粮食。直到

rì luò　　zhǔ rén cái qiān tā huí jiā xiū xi　　zhè zhǒng kǔ rì zi shén me shí
日落，主人才牵他回家休息。"这种苦日子什么时

hou cái néng áo dào tóu wa
候才能熬到头哇。"

yī tiān wǎn shang　　lú zi tōu tōu pǎo dào zhǔ
一天晚上，驴子偷偷跑到主

shén zhòu sī nà lǐ　　wàn shén zhī zhǔ　　qǐng nǐ kāi
神宙斯那里："万神之主，请你开

开恩，让我离开种园人吧！这样下去我会累死的！"

宙斯听了，非常**同情**他，便让神使赫尔墨斯把驴子换到陶工家里。

现在，驴每天不是跟着陶工去背土，就是去拉砖，有时候还要钻进闷热的土窑里去干活。驴子开始**怀念**过去的日子，但他又不好意思再回到种园人那里。于是，他找了个空闲，又去见宙斯："万能的主神哪，我最后一次请求您，再给我换一个主人吧！"宙斯于是又把驴子换到皮匠家。

驴子高兴地来到新主人家，可刚一进门就吓得**浑身发抖**：皮匠的家里到处都是宰杀牲口的刀。他哭着说："还是先前的主人好哇，在这儿，我连皮都得交给新主人。"

鉴赏心得

更换过两次主人之后，驴子才感受到种园人的种种好处。生活中这样的例子还有很多，人们往往不珍惜自己已经拥有的一切，一旦失去又追悔莫及。

wū yā hé hú li
乌鸦和狐狸

wū yā měi zī zī de zhàn zài yī zhū lǎo shù shàng　　zuǐ lǐ diāo zhe yī
乌鸦美滋滋地站在一株老树上，嘴里叼着一

kuài xiān ròu
块鲜肉。

dāng wū yā zhèng zhǔn bèi xiǎng yòng měi wèi de shí hou　　yī zhī lìng wū yā
当乌鸦正准备享用美味的时候，一只令乌鸦

tǎo yàn de hú li　　yuǎn yuǎn de xiù
讨厌的狐狸，远远地嗅（用鼻子闻的意思）着肉的味

zhe ròu de wèi
dào lái dào shù xià　　hú li
道来到树下。狐狸

yàn le yī xià kǒu shuǐ shuō
咽了一下口水说：

à　　měi lì de wū yā
"啊！美丽的乌鸦

nǚ shì　　zuì jìn zài máng
女士，最近在忙

shén me
什么？"

wū yā miáo le yī
乌鸦瞄了一

yǎn shù xià de hú li　　méi
眼树下的狐狸，没

敢说话。乌鸦知道，只要自己一张嘴，肉就会从嘴里掉下去。狐狸一看乌鸦没上当，就耐着性子说："我知道你一直在忙，不然怎么能得到这么大一块肉呢？还是你的**本领**大，我觉得你应该当鸟王。"

狐狸的话说得乌鸦心里很舒服，他刚想张嘴表现一下自己的**魅力**（能够吸引人的力量或本领），忽然想到嘴里叼着的肉，就忍住了。

狐狸又咽了咽口水，说："虽然你的本领大，但也有个**致命**的弱点。"

乌鸦在树上有点着急，他很想听一听自己哪儿有缺点。

狐狸故意停顿了一会儿，见乌鸦已经急得不行了，才慢慢地说："你的致命弱点就是不敢大声说话。你要是真能大声说话，就能当鸟王了。"

听到这儿，乌鸦真着急了，他大叫起来："胡说，我怎么不能大声说啦！"

他刚一张口，那块鲜肉"啪"的一声就落在了地上，成了狐狸的**战利品**。这时的狐狸可没心情理会乌鸦，他一溜烟（像一缕烟一样，形容跑得很快、很迅速）跑回家享用美味去了。

鉴赏心得

这个故事告诉我们，在生活中，如果听到别人对自己夸张、不合实际的奉承，一定要要保持警惕，以免上当受骗。

jī è de gǒu
饥饿的狗

名师导读

漂浮在河面上的一块动物皮，让几只饿狗垂涎欲滴，可是动物皮离岸边太远，它们根本够不到。饿狗们会想出怎样的办法呢？他们能够如愿以偿吗？

yuán yě shàng　　 jǐ zhī gǒu zài sì chù luàn cuàn　　 cóng tā men bù ān de
原野上，几只狗在四处**乱窜**。从他们**不安**的

biǎo qíng hé biě biě de dù pí kě yǐ kàn chū　　 tā men fēi cháng è
表情和瘪瘪的肚皮可以看出，他们非常饿。

jiù zài è gǒu men è de kuài zǒu bú dòng de shí hou　　 yī tiáo xiǎo hé chū
就在饿狗们饿得快走不动的时候，一条小河出

xiàn zài tā men miàn qián　　 hū rán　　 yī zhī è gǒu gāo xìng de kuáng fèi qǐ lái
现在他们面前。忽然，一只饿狗高兴地狂吠起来：

kàn na　　 hé shàng yǒu yī kuài dòng wù pí
"看哪！河上有一块动物皮。"

shì ya　　 dòng wù pí jiù shì ròu
是呀！动物皮就是肉

pí　　 hé kuàng yòu bèi hé shuǐ pào de
皮！何况又被河水泡得

sōng ruǎn kě kǒu　　 duì è gǒu men
松软可口。对饿狗们

lái shuō　　 zhè kě shì shǎo yǒu de
来说，这可是少有的

měi wèi jiā yáo
美味佳肴（泛指好吃

的东西）。

可那张动物皮挂在河中心的一个树枝上，距离岸边太远了，他们根本够不到。面对可望而不可及的食物，这……这不是要急死几只饿狗吗！都怪这挡路的河水。

有办法啦！一只狗**建议**："要是我们能把河水喝干，不就可以直接到河里去拿动物皮了吗？""对对！这是个好主意。"几只饿狗于是开始一口接一口地喝起了河水。眼看他们瘪瘪的肚子都喝得溜溜圆了，河水却一点儿不见减少。他们于是又**继续**喝。最后，几只饿狗都躺在岸边不动了，他们死了，被河水撑死了。在他们身边，河水仍然源源不断地流淌着。

鉴赏心得

　　饿狗们的教训告诉我们：无论做什么事情，都要量力而行。追求那些不切合实际的东西，或者超出自己能力所及的东西，不但无法如愿，有时候还会付出惨重的代价。

掉在井里的狐狸和山羊

看到前来喝水的山羊，不小心掉进井里的狐狸有了主意。他会用怎样的计谋欺骗山羊？山羊会上他的当吗？

有一只狐狸在被猎人追捕的时候不小心掉进了井里。井里的水很少，但井很深，任凭狐狸怎么挣扎（用尽力气想要挣脱或逃脱），也不能顺着湿滑的井壁爬上去。正当狐狸着急时，一只口渴的山羊来到井边。羊看到井里的狐狸，问："喂！井水好喝吗？"

狐狸眼珠儿一转，有了主意，忙说："好喝，要不然我能下到井里来吗？"羊觉得狐狸说得对，于是扑通一声跳进井里，尽情地喝起来。喝饱之后，羊才发现离开水

井是个难题。这时，狐狸说："朋友，别着急，只要我们齐心协力，好好儿配合，就一定能回到地面上。"

羊按照狐狸说的办法：两只前蹄扒在井壁上，然后站起来，再把两只犄角笔直地竖起。狐狸先跳到羊背上，再蹬着羊的犄角用力一跳，很**顺利**地回到了地面。

按照狐狸的计划，他回到地面后应该立刻把羊拽上去。可是狐狸一回到地面就不管羊了。羊很生气，说："狐狸，你怎么不守诺言？"狐狸说："要怪就怪你自己吧，没想到出井的办法，就敢盲目（没有见识，没有目的，不经过思考）地往井里跳！"

鉴赏心得

　　山羊因为轻信别人，最终成了狐狸的垫脚石。看来无论做什么事情，都要三思而后行，要凭自己的智慧和经验，对形势做出正确的判断，不能盲目相信别人。

tú láo de hán yā
徒劳的寒鸦

为了竞选鸟王，相貌平平的寒鸦捡来别人掉下的羽毛粘在身上，把自己打扮得五颜六色。她的愿望能实现吗？竞选的当天，到底发生了什么事情？

yī tiān　　　tiān shén gōng bù le yī gè xiāo xi　　zài mǒu yī tiān　　yào
一天，天神**公布**了一个消息：在某一天，要

cóng tiān xià suǒ yǒu de niǎo zhōng xuǎn yī zhī zuì piào liang de niǎo zuò niǎo wáng
从天下所有的鸟中选一只最漂亮的鸟做鸟王。

quán tiān xià de niǎo　　shuí bù xiǎng dāng bǎi niǎo zhī wáng ne　　yú shì
全天下的鸟，谁不想当百鸟之王呢？于是，

suǒ yǒu de niǎo dōu pǎo dào hé biān shū xǐ dǎ ban
所有的鸟都跑到河边梳洗打扮。

yī zhī xiàng mào píng píng　　　　　　　　　　　　　　　　　de
一只**相貌平平**（长相很平凡，一点也不美丽）的

hán yā yě xiǎng dāng niǎo wáng　　kě tā méi yǒu piào liang de yǔ máo　　kàn dào
寒鸦也想当鸟王，可她没有漂亮的羽毛，看到

páng biān de niǎo er dōu zài shū lǐ zì jǐ wǔ cǎi bīn fēn de yǔ máo　　tā
旁边的鸟儿都在梳理自己**五彩缤纷**的羽毛，她

xiàn mù jí le
羡慕极了。

dāng fā xiàn bié de niǎo er zài shū xǐ de shí hou huì diào xià yī xiē
当发现别的鸟儿在梳洗的时候会掉下一些

yǔ máo shí　　hán yā fēi cháng gāo xìng　　tā yǒu ràng zì jǐ biàn piào liang de
羽毛时，寒鸦非常高兴，她有让自己变漂亮的

gāo zhāo le
高招了。

hán yā zài hé biān jiǎn lái xǔ duō piào liang de yǔ máo　　yòng jiāo
寒鸦在河边捡来许多漂亮的羽毛，用胶

shuǐ bǎ tā men zhān dào zì jǐ shēn shàng　　rán hòu zhàn zài hé biān yī kàn
水把它们粘到自己身上，然后站在河边一看：

yā　　hé shuǐ de dào yǐng lǐ jìng rán shì yī zhī zì jǐ cóng lái méi jiàn guò
呀！河水的倒影里竟然是一只自己从来没见过

de měi lì de niǎo　　hán yā bèi zì jǐ de měi lì táo zuì le
的美丽的鸟，寒鸦被自己的美丽陶醉了。

dào le xuǎn niǎo wáng de rì zi　　suǒ yǒu de niǎo dōu lái cān jiā jìng xuǎn
到了选鸟王的日子，所有的鸟都来参加竞选

le　　huàn rán yī xīn
了。焕然一新（不再是原来的样子，变成了崭新的模样）

de hán yā dāng rán yě bú lì wài
的寒鸦当然也不例外。

tā gāng yī liàng xiàng　　shēn shàng wǔ yán liù sè de yǔ máo lì kè yíng dé
她刚一亮相，身上五颜六色的羽毛立刻赢得

le tiān shén de zàn shǎng
了天神的赞赏。

tiān shén gāng yào fēng hán yā wéi niǎo wáng   zhè shí   qí tā niǎo bú
天神 刚 要 封 寒鸦 为 鸟 王。这时，其他鸟不

gàn le   fēn fēn pū xiàng hán yā   cóng tā shēn shàng bá xià shǔ yú zì
干了，纷纷扑向寒鸦，从她身上拔下属于自

jǐ de yǔ máo
己的羽毛。

hán yā de zhēn shí miàn mù bào lù le   tā bù jǐn méi yǒu dāng shàng
寒鸦的真实面目暴露了！她不仅没有当上

niǎo wáng   hái yīn wèi nòng xū zuò jiǎ （用虚假的现象来欺骗别人）
鸟王，还因为弄虚作假（用虚假的现象来欺骗别人）

bèi tiān shén qǔ xiāo le cān xuǎn de zī gé
被天神取消了参选的资格。

鉴 赏 心 得

　　寒鸦的故事告诉我们，靠弄虚作假获得的胜利，只是暂时
的，总有一天会真相大白。

三头牛和一只狮子

　　三头牛在一起自由地生活，他们不仅有着锋利的牛角，而且时刻保持着警惕。狮子采用怎样的策略，才能使三头牛分开呢？他能征服这些庞大的猎物吗？

　　黑黑、白白和红红是三头牛。他们在一起过着**自由自在**的生活。附近的一只狮子早就对他们**垂涎三尺**（形容非常想得到某些事物）了，可他们的牛角锋利得像矛一样，晚上还轮流站岗，狮子一直没有**可乘之机**。

　　有一天，狮子想了个坏主意。他来到三头牛面前说："瞧你们三个挤在一起睡觉，多难受啊！

而且你们老在一个地方吃草，那里的草都不茂盛了。"黑黑想想也是，昨天白白还和自己抢床呢。

白白想：可不是吗，这几天没有雨水，草不茂盛，红红储存了青草还不让吃。红红想：平时我最勤劳，他们都来分我的食物，真不划算。于是他们不约而同地问狮子："什么地方能住得又宽敞又能吃饱呢？"

"我在东西南北四个方向各建了四个帐篷，我们四个可以一人住一个，平时闲的时候我们还能一起玩。"狮子说。三头牛听了迫不及待（急迫得不能等待，形容非常急切）地开始搬家，他们都松了一口气，终于有属于自己的房子了。可刚搬完家，狮子就轮流敲开他们的门，把他们一个个地吃掉了。

鉴赏心得

　　这则故事告诉我们，面对强大的对手，只有团结在一起，才有获胜的可能，单打独斗注定要失败。

guǎ fu hé xià jīn dàn de jī
寡妇和下金蛋的鸡

名师导读

懒惰穷困的寡妇从天神那里得到一只会下金蛋的母鸡，从此变成了富人。为了得到更多财富，她会做出怎样荒唐的事情？她这样贪得无厌的人，会有怎样的下场呢？

zài xiǎo cūn zhuāng lǐ   zuì qióng de rén shì yī gè guǎ fu   tā wèi shén
在小村庄里，最穷的人是一个寡妇。她为什

me zuì qióng ne   yīn wèi tā shì cūn lǐ zuì lǎn de rén   tā bù xǐ huan láo
么最穷呢？因为她是村里最懒的人。她不喜欢劳

dòng   què zǒng shì bù tíng de dāo gu   xī wàng shén néng cì gěi tā cái fù
动，却总是不停地**叨咕**，希望神能赐给她财富。

shén shòu bù liǎo guǎ fu dié dié bù xiū （唠唠叨叨地说个没完没了） de
神受不了寡妇喋喋不休（唠唠叨叨地说个没完没了）的

chǎo nào   jiù gěi le tā yī zhī mǔ jī   guǎ fu duì cóng tiān ér jiàng de mǔ jī
吵闹，就给了她一只母鸡。寡妇对**从天而降**的母鸡

shuō   zhè zhī jī yě huàn bù liǎo jǐ gè
说："这只鸡也换不了几个

qián na   míng tiān shā le chī ròu suàn le
钱哪，明天杀了吃肉算了。"

dì èr tiān yī zǎo   guǎ fu
第二天一早，寡妇

jiù tí zhe dāo lái shā jī   gāng dào
就提着刀来杀鸡。刚到

36

鸡窝前，寡妇不禁惊叫了一声，连手里的刀都没拿住，差点儿砍到脚趾头上。寡妇看到了什么？原来母鸡下了个金光闪闪的金蛋。

兴奋的寡妇突然变勤快了，不但为母鸡做了一个舒适的窝，还给母鸡准备了最好吃的东西。鸡每天都下一个金蛋，寡妇终于变成富人了。时间久了，寡妇想变成更富有的人，她已经不满足母鸡每天只下一个金蛋了。寡妇想："鸡的肚子里一定有许多的金蛋。"

为了一下就获得更多的金蛋，寡妇一刀砍死了母鸡。让她失望的是，母鸡的肚子里竟然一个金蛋也没有。没有了下金蛋的鸡，寡妇很快又变穷了。当然，这次神再也不会怜悯她了。

鉴赏心得

寡妇可悲的下场告诉我们，人要学会知足，太过贪婪，只会让自己一无所有。

<ruby>苍<rt>cāng</rt></ruby><ruby>蝇<rt>ying</rt></ruby><ruby>与<rt>yǔ</rt></ruby><ruby>蜜<rt>mì</rt></ruby>

名师导读

　　一群苍蝇发现了一个有裂缝的蜂蜜坛子，他们饱餐一顿之后，决定在这里安家。正在这时候，蜂蜜的主人回来了，大难临头的苍蝇能够安全脱身吗？

　　<ruby>夏<rt>xià</rt></ruby><ruby>天<rt>tiān</rt></ruby><ruby>的<rt>de</rt></ruby><ruby>路<rt>lù</rt></ruby><ruby>边<rt>biān</rt></ruby>，<ruby>一<rt>yī</rt></ruby><ruby>群<rt>qún</rt></ruby><ruby>苍<rt>cāng</rt></ruby><ruby>蝇<rt>ying</rt></ruby><ruby>在<rt>zài</rt></ruby><ruby>四<rt>sì</rt></ruby><ruby>处<rt>chù</rt></ruby><ruby>乱<rt>luàn</rt></ruby><ruby>飞<rt>fēi</rt></ruby>。<ruby>忽<rt>hū</rt></ruby><ruby>然<rt>rán</rt></ruby>，<ruby>空<rt>kōng</rt></ruby><ruby>气<rt>qì</rt></ruby><ruby>中<rt>zhōng</rt></ruby><ruby>传<rt>chuán</rt></ruby><ruby>来<rt>lái</rt></ruby><ruby>一<rt>yī</rt></ruby><ruby>股<rt>gǔ</rt></ruby><ruby>香<rt>xiāng</rt></ruby><ruby>甜<rt>tián</rt></ruby><ruby>的<rt>de</rt></ruby><ruby>味<rt>wèi</rt></ruby><ruby>道<rt>dào</rt></ruby>。

"嗡嗡，是什么东西这么好闻？"苍蝇们议论纷纷（因为意见不一致而议论很多）。

他们找来找去，最后发现一间房子里有个装蜂蜜的坛子裂了一道缝，甜滋滋的蜂蜜从裂缝间渗了出来。

快去吃呀！美味不可放过！苍蝇们嗡嗡地叫嚷着扑了过去。吃呀，尽情地吃！直到吃得甜畅淋漓、大腹便便。

按道理讲，这群苍蝇应该满意地离开了。但是，他们谁都没有走的意思。

这时，一只苍蝇建议说："我们就在这里安家吧，大家说好不好？"

"好哇！好哇！"

这个主意获得了全体苍蝇的赞同。

大家纷纷落到蜂蜜上，他们都想为自己占一块蜂蜜

lǐng tǔ
领土。

zhèng dāng cāng ying men dé yì yáng yáng
正当苍蝇们**得意扬扬**（形容因为很满意而沾沾自

de fēn gē dì pán de shí hou　　fáng zi de zhǔ rén huí lái le
喜的样子）地分割地盘的时候，房子的主人回来了。

zhè xià kě má fan le　　gǎn kuài chè tuì ba　　kě shì yǐ jīng wǎn le
这下可麻烦了，赶快撤退吧。可是已经晚了，

cāng ying men fēi bù qǐ lái le　　tā men de tuǐ dōu bèi nián hū hū de fēng mì láo
苍蝇们飞不起来了，他们的腿都被黏糊糊的蜂蜜牢

láo de zhān zhù le
牢地粘住了。

　　苍蝇本是身手敏捷的动物，是贪婪的欲望麻痹了他们
的警惕心理，从而被蜂蜜牢牢粘住，他们的下场可想而知。
我们无论做什么事情，千万不要被贪婪之心蒙蔽了眼睛。

叼着肉的狗
（diāo zhe ròu de gǒu）

名师导读

一只馋狗得到了一块鲜美的肥肉，他叼着肉走在回家的路上，发现了另一只叼着肥肉的狗。这只狗从何而来？他们之间发生了什么？馋狗最终能吃到肉吗？

一只馋狗正在四处乱逛。忽然，他发现地面上有一块**鲜嫩**的肥肉。啊！太幸福啦！馋狗高兴坏了，恨不得一口把肉吞掉。可是他又一想：这么好吃的东西应该慢慢享受，还是先带回家里，一点一点地吃。

就这么办！馋狗叼起肥肉，一边闻着肉的香味，一边往回走。路上，馋狗路过一条河，**意外**（意

41

料之外，没有想到的事情）地看到了自己在河里的倒影。

此时的馋狗已经被得到肥肉的喜悦冲昏了头，也没有仔细辨认，就认为河里的倒影是另外一只狗。**特别**是当他发现那只狗也叼着一块肉，而且那块肉好像比自己的还大时，他想都没想就冲进河里去抢那块更大的肉。他却忘了自己嘴里的肉。

一张嘴**狂吠**，那块肉掉进了河里，而河里的倒影也随着他的入水而消失了。

馋狗终于明白，刚才看到的不过是自己的倒影，可一切都晚了！他那块心爱的肥肉已经被湍急（水流得非常急速）的河水冲得无影无踪了。

鉴赏心得

　　为了得到更大的肥肉，馋狗眼睁睁地看着到手的肥肉掉进水中，真可谓得不偿失。可见过分的贪婪不仅不会使愿望得到满足，还可能失去已有的一切。

jǐ niú nǎi de gū niang
挤牛奶的姑娘

名 师 导 读

农家姑娘去集市上卖牛奶，她边走边想心事，用卖牛奶的钱买鸡蛋、孵小鸡，卖掉鸡仔之后，要买漂亮的裙子，穿着漂亮的裙子去参加舞会……姑娘的愿望能实现吗？

yuán yě shàng　　 yī gè nóng jiā gū niang zhèng yòng tóu dǐng zhe yī tǒng niú nǎi
原野上，一个农家姑娘 正 用头顶着一桶牛奶

wǎng jí shì shàng zǒu　　 jǐn guǎn kōng qì zhōng mí màn zhe yě huā de qīng xiāng　shēn
往集市上走。尽管 空气中弥漫着野花的清香，身

biān fēi wǔ zhe bān lán　　　　　　　　　　　　　　　　 de hú
边飞舞着斑斓（很多种颜色交织在一起，非常好看）的蝴

dié　　 dàn yī diǎn er yě méi yǒu yǐn
蝶，但一点儿也没有引

qǐ gū niang de xìng qù
起姑娘的兴趣。

gū niang zhèng zài xiǎng zhe xīn
姑娘 正在想着心

shì　 yī huì er dào le jí shì　 wǒ
事：一会儿到了集市，我

huì hěn kuài mài diào zhè tǒng niú nǎi
会很快卖掉这桶牛奶。

用卖牛奶得来的钱，**大概**能买好几百个鸡蛋。如果这些鸡蛋都孵化成 小鸡，我就会有好几百只小鸡。等这些小鸡长大了，说不定 正赶上鸡肉的**价格**上涨，那时，我再把鸡都卖掉，就会赚很多的钱。

啊！要是那样的话，我就先买一条漂亮的裙子。过新年的时候，我会穿着它去参加舞会。舞会上，一定会有许多**英俊**的小伙子邀请我跳舞。到时候，我可不能轻易地接受，我一定要等最喜欢的小伙子出现后再跳舞。对于那些不喜欢的人，我该怎么办呢？对了，我就使劲摇头。

想到这儿，姑娘**禁不住**（不由自主的，控制不住的）使劲地摇起头来。结果，头上的牛奶桶扑通一声掉到了地上，牛奶全都洒了出来。

鉴赏心得

　　牛奶桶意外地掉在地上，姑娘所有美好的愿望，都像肥皂泡一样破灭了。生活是现实的，我们要学会认真做好眼前的事情，而不能沉湎于没有任何意义的幻想当中。

狗、公鸡和狐狸

公鸡和狗是一对好朋友，他们结伴而行，遇到前来行骗的狐狸。公鸡能否看穿狐狸的诡计？他将怎样对付狡猾的狐狸？

狗和公鸡是一对好朋友。公鸡体弱娇小，强壮的狗就担负起保护公鸡安全的任务；狗的时间观念不强，守时的公鸡经常提醒狗按时起床和工作。这种互相帮助的好习惯使他们的友谊更加牢固。

一天，狗和公鸡结伴外出。走到半路的时

候，天黑了，于是他们找到一棵大树。公鸡飞到树枝上栖息（休息，歇息），狗则钻到树洞里休息。

第二天黎明时分，公鸡开始啼叫，他要叫醒树洞里的狗，准备出发。这时，一只狐狸正好转悠到附近，被公鸡的啼叫声吸引了过来。看到树上肥美的公鸡，狐狸迈着颇具绅士风度的步子来到树下。说："哇！多美妙的歌声啊！简直是天籁之音。请下来吧，让我们一起为这个美好的黎明放声歌唱吧！"

公鸡早就知道狐狸的劣行，他才不会下去呢。公鸡说："好哇！你快去把树洞里的守门人叫醒，他一开门，我就能下去了。"听了公鸡的话，狐狸马上钻进树洞，结果成了狗的猎物。

鉴赏心得

公鸡不仅识破了狐狸的诡计，还巧设一计，让狐狸主动把自己送到了狗的嘴边。我们应该学习公鸡沉着冷静、临危不乱的态度，同时也要认识到好朋友的重要性。

chéng lǐ lǎo shǔ hé xiāng xià lǎo shǔ
城里老鼠和乡下老鼠

名 师 导 读

乡下老鼠受城里表弟的邀请，前去做客，他将会遇到什么事情呢？他喜欢城市里的生活吗？

yī tiān xiāng xià lǎo shǔ jiē dào zhù zài chéng lǐ de biǎo dì de yāo qǐng
一天，乡下老鼠接到住在城里的表弟的邀请。

xiāng xià lǎo shǔ zhǎng zhè me dà hái méi jìn guò chéng ne tā jué dìng qù kàn
乡下老鼠长这么大，还没进过城呢！他决定去看

kan biǎo dì chéng shì lǎo shǔ wā chéng shì dí què hěn qì pài
看表弟——城市老鼠。哇！城市的确很气派（事物

表现出来的气势或气概很宏大）！乡下老鼠一见到前来

yíng jiē de biǎo dì jiù dà shēng zàn yáng qǐ chéng shì de fán huá zhèng
迎接的表弟，就大声赞扬起城市的繁华。正

shuō zhe xiāng xià lǎo shǔ chà diǎn er bèi yī liàng jí chí de mǎ chē yà
说着，乡下老鼠差点儿被一辆疾驰的马车轧

dào zhè shí chéng shì lǎo shǔ shuō biǎo gē yī huì er wǒ
到。这时，城市老鼠说："表哥，一会儿我

qǐng nǐ chī hǎo dōng xi yā ya jīng bù yī huì er
请你吃好东西压压惊！"不一会儿，

xiāng xià lǎo shǔ jiù
乡下老鼠就

bèi lǐng dào yī gè
被领到一个

háo huá de dà fáng
豪华的大房

jiān lǐ zhuō zi
间里，桌子

上摆满了各种酒菜和**精致**的糕点。在城市老鼠的邀请下，兴奋的乡下老鼠刚要大吃大嚼，忽然耳边传来**沉重**的脚步声。还没等乡下老鼠弄明白，就被城市老鼠拉着，迅速**躲藏**到角落里。原来是几个人走进了房间，真危险！不一会儿，那几个人走了，城市老鼠又把乡下老鼠拉了出来，请他继续用餐。可乡下老鼠说什么也吃不下去了，他想家了。

城市老鼠再三挽留，乡下老鼠说："虽然乡下住的没有城里豪华，吃的没有城里丰盛，但活得踏实，吃饭也不用**担惊受怕**！"后来，乡下老鼠再也没有去过城市。

鉴赏心得

　　每个人都有自己的生活方式，每种生活方式都有优点和缺陷，我们要珍惜自己拥有的生活，不要一味羡慕别人。

péng you yǔ xióng
朋友与熊

名师导读

一对好朋友在森林里与黑熊遭遇，他们各自会有怎么样的表现？他们能够成功脱险吗？这个故事将会带给我们怎样的启迪？

sēn lín nà biān de xiǎo zhèn yào jǔ bàn yī chǎng wǎn huì sēn lín zhè biān
森林那边的小镇要举办一场晚会。森林这边

de xiǎo cūn lǐ liǎng gè hǎo péng you xiāng yuē
的小村里，两个好朋友相约（相互约定，共同商量好了）

yī qǐ qù kàn yǎn chū
一起去看演出。

wèi le jǐn kuài dào dá xiǎo zhèn shòu zi shuō zán liǎ bié zǒu dà lù
为了尽快到达小镇，瘦子说："咱俩别走大路

le zhí jiē cóng sēn lín chuān guò qù néng kuài yī xiē
了，直接从森林穿过去能快一些。"

pàng zi shuō sēn lín lǐ yě shòu hěn
胖子说："森林里野兽很

duō cóng nà lǐ zǒu hěn wēi xiǎn
多，从那里走很危险！"

shòu zi shuō zhǐ yào wǒ men
瘦子说："只要我们

liǎng gè rén néng gòu hù xiāng bāng zhù yù
两个人能够互相帮助，遇

到什么野兽都不用害怕。"

胖子觉得瘦子的话有道理，于是他们一起出发了。

走进森林没多久，突然，迎面走来了一只黑熊。

胖子正要和瘦子商量对付黑熊的办法，却发现瘦子已经爬到树上去了。眼看黑熊越来越近，胖子只能靠自己摆脱危险了。他想起黑熊不吃死人的说法，立刻躺到地上装死。

黑熊走了过来，围着胖子转了两圈，还用鼻子在他的脸上闻了闻，以为他死了，然后就转身走了。

看到危险**解除**了，瘦子高兴地跳下树，问胖子："黑熊刚才和你说什么了？"

胖子说："黑熊说，千万不要与不守**诺言**和不能共患难的人交朋友。"

说完，胖子*扬长而去*（大模大样地自己走掉了）。

鉴赏心得

　　当危险来临时，瘦子只顾自己逃生，把互相帮助的承诺抛到了脑后。胖子的回答，巧妙讽刺了瘦子背信弃义的做法。这则寓言告诉我们，不能共患难的人不是真正的朋友。

老鼠开会
lǎo shǔ kāi huì

一只老猫严重威胁着老鼠家族的安全，老鼠们开会商讨对付老猫的办法。他们能想出合适的对策吗？

"叽叽喳喳……"今天是老鼠开会的日子。不开会不行了。有一只**可怕**的老猫天天和老鼠作对！昨天，鼠大哥在偷玉米的时候遇到老猫，结果腿被抓伤了，现在还瘸着呢。前天，鼠妹妹在外面散步的时候遇到老猫，也差点送了命。还有前天的前天……

不说这些让老鼠伤心的事了，赶快想个对付老猫的办法

吧！老鼠们都在绞尽脑汁（费尽了心思，动了许多脑筋）地想办法。忽然，一只小老鼠说："喂！我有个办法，**绝对**好！"

"快说！快说！"

"如果我们能在老猫的脖子上拴个铃铛，以后只要一听到铃铛响，我们就能**迅速**逃跑了。你们说对不对？"

哇！真是一个好主意！老鼠们高兴地相互击掌庆贺。正当大家高兴的时候，一只一直没表态的大老鼠说："大家先不要太激动，我们还有个问题需要解决。大家说一说，谁去给老猫系铃铛呢？"

是呀！这的确是个问题，老鼠洞里一下子变得安静下来，大家又都没了主意。

鉴赏心得

小老鼠的主意固然不错，但是苦于没法实施，又有什么用呢？想出解决问题的办法并不难，关键在于这个办法要切实可行。光靠假设和空想，是解决不了实际问题的。

guà líng de gǒu
挂铃的狗

名师导读

为了教训一只见人就咬的狗，主人在狗的脖子上挂了一个大铃铛。这个做法能够使路人免遭其害吗？这只狗会怎样看待主人的这一做法呢？

一户人家养了一只让人讨厌的狗。他经常无端（没有原因，没有道理）狂叫，而且只要心情不好，见人就咬。为了教训这只狗，狗的主人想出了一个办法：在狗的脖子上拴一个大铃铛。

这下好了，不论狗走到哪里，他脖子上的铃铛都会叮叮当当响个不停。

狗来到市场，发现人们一听到铃声，都会紧紧地盯着自己看。这让狗很得意：看来自己是个公众人物，是大家关注的焦点呢！

当狗走在路上时，他发现只要有人听到铃声，都会密切观察自己的行动。狗认为这样的感觉太好了！自从有了这个铃铛，自己一下子成了世人瞩目（指所有人都注视、关注）的大明星。

这天，正当这只狗得意忘形的时候，发现前面有一只母狗正不紧不慢地走着。这只狗神气地说："快给万众瞩目的明星让路。"

这时，母狗站到一边说："你以为挂了个铃铛就了不起了吗？那个铃铛是在提醒人们：一只恶狗来了，大家要当心！"听到母狗的话，这只狗脸上得意的表情立刻僵住了。

鉴赏心得

　　狗把别人警惕的目光，理解成了大家对自己的崇拜，这都是虚荣心在作怪。可见做人贵在有自知之明，骄傲自大只会让自己成为别人的笑柄。

lú zi yǔ chán
驴子与蝉

蝉的身体虽然很小，但歌声却非常嘹亮，这令驴子羡慕不已。驴子能发现蝉歌声嘹亮的诀窍吗？他能像蝉一样，发出嘹亮的歌声吗？

zài yī kē dà shù xià　　zhù zhe yī tóu ài mù xū róng
在一棵大树下，住着一头爱慕虚荣（喜欢虚幻的
　　　　　　　　　　de lú zi　　tā zǒng shì xī wàng bié rén de yōu diǎn
荣耀、表面的光彩）的驴子，他总是希望别人的优点
dōu guī zì jǐ suǒ yǒu
都归自己所有。

zhè nián xià tiān　　dà shù shàng zhù le yī zhī chán　lú zi xiǎng　zhè
这年夏天，大树上住了一只蝉。驴子想：这
me yī gè xiǎo dōng xi　　shí zài bù zhí dé guān zhù　　suǒ yǐ　　lú zi bìng méi
么一个小东西，实在不值得关注。所以，驴子并没
yǒu tài zài yì shù shàng de zhè ge xiǎo jiā huo
有太在意树上的这个小家伙。

可没过几天，驴子的想法就改变了。自从蝉住到树上后，他每天都能听到蝉嘹亮的歌声。驴子想：这个小东西，竟然能发出这么响亮的声音。如果他长得像自己这么大，声音一定更响亮！于是，驴子对蝉说："蝉，你的歌声太好听了，你有什么高招吗？"

蝉说："哪里有什么高招啊，我只是一个喜欢喝露水的小昆虫而已。"

听了蝉的话，驴子恍然大悟（形容一下子就明白过来了）：都怪自己过去总是吃乱七八糟的青草，不然嗓子一定不会像现在这么粗哑！

从这天开始，驴子不再吃青草了，改为喝露水了。可夏天还没过去，驴子就饿死了。

鉴赏心得

学习别人的长处，要充分考虑自己的实际情况。生搬硬套，不但无法实现愿望，甚至还会让自己深受其害。

狮子和射手

狐狸被猎人的箭射中，狼大夫和啄木鸟医生都无法医治，狮子听说这件事情之后，更是愤慨不已，决定与猎人展开决斗。狮子能替狐狸报一箭之仇吗？

狐狸**挣扎（用力支撑）**着来到狼大夫的外科医院，嘴里不停地哼哼，痛苦地对狼说："狼大夫快来救救我吧！你看，我被一只用后腿走路的家伙伤成这个样子。我正在**追逐**小兔，那个怪家伙在距我很远的地方，用两只前爪就将这个东西刺入我的体内，简直痛死我了。"

老狼大夫走过来，看了看狐狸的**伤势**，立刻知道是被猎人的羽箭射中了，便笑吟吟地说："可怜的孩子，你真该感到**庆幸**。你说的那个家伙就是世上最可怕的自称为'人'的东西。我的许多子孙都是被弄伤你的这种东西给杀害的，你没被捉住真是**万幸（指非常幸运）**。人要是把你捉住会把你的皮剥下来，披在他们的身上，他们的本事大极了。虽然也是四只脚，但他们只用后腿走路，两只前脚做其他很多事情。他们的后腿不可怕，可怕的是，前脚抓着铁家伙就能杀死我们。他们的牙并不厉害啊，我从来没见过有人用嘴向我们进攻。"

狼大夫一边说，一边用牙齿咬断箭杆，接着告诉狐狸："这种东西叫箭，人们经常用箭来对付我们。作为外科医生，我只能做这些，你体内的东西是内科的事，你

去找内科医生吧，听说啄木鸟的医术不坏。不过我只见过他给树治病，你的病他会不会治我可不知道，你**不妨**试一试。"

狐狸跛着腿，一瘸一拐地走进林子里去找啄木鸟了。

啄木鸟看了看狐狸的伤势，摇摇头，很歉意地表示**无能为力**（没有能力去做好某事，或者对某事使不上劲）。

狐狸拖着伤腿**辞别**啄木鸟，回家的路上碰到狮子。狮子见狐狸走路的姿势失去了往日的**文雅**，停下脚步问："怎么了？我的狐狸先生，你为什么这样子走路？是谁伤害了你？告诉我，我一定惩治他。"

狐狸一肚子**委屈**，正想对谁诉说，便将如何被人射伤，及狼大夫说到的情况向狮子说了一遍。

狮子听了很不服气，他从来没听说过世上还有比狮子更厉害的东西，便说："你领着我去见见那叫做'人'的东西，我倒要看看他有什么本事能在远处

jiāng wǒ dǎ bài
将我打败。"

hú li dài zhe shī zi zhǎo dào le liè rén   shī zi míng què biǎo shì yào yǔ
狐狸带着狮子找到了猎人，狮子明确表示要与

rén jué dòu
人决斗。

liè rén yī jiàn shè qù   shuō   xiān ràng nǐ zhī dào wǒ de shǐ zhě shì
猎人一箭射去，说："先让你知道我的使者是

duō me lì hai   shī zi zhòng jiàn   zhuǎn tóu jiù pǎo   hú li quàn zhǐ
多么厉害。"狮子中箭，转头就跑，狐狸劝止（劝告

停止，也就是规劝某人不要做某事）。狮子说："人的使者
                              shī zi shuō   rén de shǐ zhě

wǒ dōu dǐ kàng bù liǎo   zěn me hái gǎn yǔ rén duì dí   bù pǎo   nán dào děng
我都抵抗不了，怎么还敢与人对敌！不跑，难道等

sǐ ma   wǒ yī zhí rèn wéi   nǐ hěn shí shí wù   yuán lái pèng dào rén yě biàn
死吗？我一直认为，你很识时务，原来碰到人也变

chéng le shǎ guā
成了傻瓜。"

 鉴赏心得

　　狂妄自大的狮子与人决斗，可是一个回合下来，就落荒而逃。这个故事启发我们，天外有天，人外有人，在没弄清楚对手实力之前，千万不可轻举妄动。

liǎng gè bēi bāo
两个背包

名 师 导 读

　　普罗米修斯在奉宙斯之命创造了人以后，在每个人的脖子上挂了两个背包。这两个背包里究竟装的是什么呢？人类又是怎样看待这两个背包的呢？

pǔ luó mǐ xiū sī fèng zhòu sī zhī mìng chuàng zào le rén yǐ hòu　　jiù zài
普罗米修斯奉宙斯之命**创造**了人以后，就在

měi gè rén de bó zi shàng guà le liǎng gè bēi bāo　　zhè kě bú shì yī bān de
每个人的脖子上挂了两个背包。这可不是一般的

bēi bāo　　yī gè lǐ miàn zhuāng zhe bié rén de quē diǎn　　lìng yī gè lǐ miàn zé
背包，一个里面装着别人的缺点，另一个里面则

zhuāng zhe zì jǐ de bù zú
装着自己的不足。

rén lèi bù gǎn wéi kàng   zào wù zhǔ de yì
人类不敢违抗（违反抗拒，不听从）造物主的意

yuàn   kě shì zhè liǎng gè bēi bāo gāi zěn me chǔ zhì ne   hòu lái   rén xiǎng chū
愿，可是这两个背包该怎么处置呢？后来，人想出

le yī gè hǎo fǎ zi   kě yǐ qiǎo miào de ān pái zhè liǎng gè bēi bāo   tā bǎ
了一个好法子，可以巧妙地安排这两个背包。他把

nà zhī zhuāng zhe bié rén quē diǎn de bēi bāo guà zài zì jǐ de xiōng qián   ér bǎ
那只装着别人缺点的背包挂在自己的胸前，而把

zhuāng yǒu zì jǐ bù zú de nà zhī bēi bāo guà zài shēn hòu
装有自己不足的那只背包挂在身后。

zhè yàng   rén cóng lǎo yuǎn jiù néng kàn dào zhuāng yǒu bié rén bù zú de bēi
这样，人从老远就能看到装有别人不足的背

bāo   cóng ér duì bié rén de quē diǎn liǎo rú zhǐ zhǎng   zhè yàng de ān pái zhēn shì
包，从而对别人的缺点了如指掌。这样的安排真是

jiàng xīn dú jù   kě shì   měi zhōng bù zú de shì   nǐ gù rán hěn róng yì
匠心独具。可是，美中不足的是，你固然很容易

kàn dào bié rén de quē diǎn   ér bié rén tóng yàng yě duì nǐ de quē diǎn kàn de qīng
看到别人的缺点，而别人同样也对你的缺点看得清

qīng chǔ chǔ   lìng wài   zhè yàng ān pái liú gěi zì jǐ gèng dà de bēi jù shì
清楚楚。另外，这样安排留给自己更大的悲剧是，

nǐ yǒng yuǎn duì zì jǐ de duǎn chù zhì ruò wǎng wén
你永远对自己的短处置若罔闻（放在一边，好像没有

看见一样，不予理睬）。

鉴 赏 心 得

　　人们往往对别人的缺点了如指掌，却对自己的缺点视而不
见。只有克服这种心理，我们才能不断完善自己，使自己变得
更加优秀。

让孩子 *受益一生* 的 *经典名著*

qiáo fū yǔ hè ěr mò sī
樵夫与赫耳墨斯

名 师 导 读

赫耳墨斯被樵夫的诚实打动，不但帮他找回了斧子，还把金斧子、银斧子作为礼物送给了他。邻居听说后非常嫉妒，也想去碰碰运气。他能得到赫耳墨斯的馈赠吗？

cóng qián　　　yǒu yī gè qióng kǔ
从前，有一个 穷苦（生活贫困艰苦，形容日子很不

de qiáo fū　　kǎn wán chái huí jiā guò hé shí　　bù xiǎo xīn bǎ fǔ zi diào
好过）的樵夫，砍完柴回家过河时，不小心把斧子掉

dào le hé lǐ　　yǎn kàn zhe hé shuǐ chōng zǒu le fǔ zi　　tā shāng xīn de zuò
到了河里。眼看着河水冲走了斧子，他 **伤心** 地坐

zài hé àn shàng dà kū qǐ lái
在河岸上大哭起来。

zhèng hǎo shén xiān hè ěr mò sī
正好神仙赫耳墨斯

cóng zhè lǐ jīng guò　　　zěn me le
从这里 经过。"怎么了？

可怜的樵夫。"

"我唯一的斧子被河水冲走了！"樵夫难过地说道。

赫耳墨斯决定帮他下河去捞。一会儿，赫耳墨斯捞起了一把金斧子，"这把斧子是你的吧？"

"不是！我的斧子不是金的，只是普通的斧子。"樵夫连忙摇头。接着赫耳墨斯又捞起一把银斧子，问是不是樵夫的，樵夫仍说不是。

赫耳墨斯第三次下去，捞起一把铁斧子，樵夫说这才是自己掉的那把。赫耳墨斯很赞赏樵夫的诚实，便把金斧子、银斧子都作为礼物送给了他。

樵夫带着三把斧子回到家里。一个邻居听说这事情后，十分眼红（看见别人有好东西就很想要，甚至想霸占它），也想去碰碰运气。他跑到河边，故意把斧子丢到急流

zhōng， rán hòu zuò zài àn biān tòng kū qǐ lái zhè shí   hè ěr mò sī yòu chū

中，然后坐在岸边痛哭起来。这时，赫耳墨斯又出

xiàn le   wèn míng qíng kuàng hòu   yě xià hé bāng tā lāo fǔ zi   dāng lāo

现了，问明情况后，也下河帮他捞斧子，当捞

qǐ jīn fǔ zi shí   nà rén gāo xìng de shuō   yā   nà zhèng shì wǒ

起金斧子时，那人高兴地说："呀，那正是我

diū de   rán ér tā de tān lán

丢的！"然而他的贪婪（对钱和物等有非常强烈欲望）

zāo dào le hè ěr mò sī de tòng hèn   hè ěr mò sī bú dàn méi yǒu sòng

遭到了赫耳墨斯的痛恨，赫耳墨斯不但没有送

gěi tā jīn fǔ zi   jiù lián tā zì jǐ de tiě fǔ zi yě méi gěi tā

给他金斧子，就连他自己的铁斧子也没给他。

鉴赏心得

　　这则故事告诉我们诚实的重要性，诚实是人类最美好的品质，一个诚实的人往往能得到别人的信任和喜爱，而虚伪和贪婪的人，只会招来人们的反感。

狼与母山羊
láng yǔ mǔ shān yáng

名 师 导 读

　　一只饥饿难耐的狼，看见一只山羊在山崖上吃草，就想把他骗到自己身边。山羊会相信狼的话吗？

　　森林里有一只狼，已经几天没吃到东西了，饿得一点力气也没有。

　　"我必须找一些东西吃。"狼摸了摸自己的瘪肚子说。要是能吃到一只兔子该多好哇。唉！如果没有兔子，一只母鸡也行，至少能解决眼前的问题。不过，最好还是捕到一只山羊，那样的话，自己一个星期都不会挨饿了。

　　狼正在胡思乱想，不经意一抬头，发

现正前方一处陡峭的山崖上正好有一只山羊在吃草。哈哈哈！真是想什么来什么呀！不过，遗憾的是，狼不是登山能手，眼看着肥美可口的山羊却够不着！

这时，狼眼珠一转，有了主意，他冲山羊说道："美丽可爱的山羊妹妹，在吃早餐哪！哎哟！可别在陡峭的山崖上站着，要是不小心掉下去，多危险哪！快到下面来，你看看，我身边的青草多好，多鲜嫩哪！"

听了狼的话，山羊探头看了看下面正在咽口水的狼，说："我才不下去呢！你可不是好心让我去吃草，是想拿我填饱自己的肚子吧！"

山羊继续悠闲（从容闲适，没有负担）地吃着草，而狼只得饿着肚子愤愤地离开了。

鉴赏心得

在生活中，我们要像山羊一样，不为甜言蜜语所动，不为赞美之言沾沾自喜，这样才能以理智的心态明辨是非。

nóng fū hé shé
农夫和蛇

名 师 导 读

农夫在路上看到一条冻僵的小蛇，觉得他可怜，就把他揣在怀里，想温暖他。苏醒过来的小蛇会感谢农夫吗？

yǒu gè nóng fū xīn dì fēi cháng shàn liáng tā jiàn dào bié rén yǒu kùn nan
有个农夫心地非常**善良**，他见到别人有困难，

dōu huì bāng shàng yī bǎ lián xiǎo dòng wù yě bú lì wài zhè nián dōng tiān guò
都会帮上一把，连小动物也不例外。这年冬天过

qù le tiān qì hái shì fēi cháng hán lěng nóng fū kǎn chái huí lái zài lù biān
去了，天气还是非常寒冷。农夫砍柴回来，在路边

kàn jiàn yī tiáo dòng jiāng le de xiǎo shé nóng fū cóng xiǎo shé páng biān zǒu guò qù
看见一条**冻僵**了的小蛇，农夫从小蛇旁边走过去，

xīn xiǎng zhè me lěng de tiān xiǎo shé duō kě lián na yú shì tā dòng le
心想，这么冷的天，小蛇多可怜哪。于是，他动了

cè yǐn zhī xīn
恻隐之心（对别人的

不幸表示同情，感到不

bǎ shé jiǎn le qǐ lái
忍），把蛇捡了起来，

kě shì yòu yī xiǎng wàn yī
可是又一想，万一

tā yǎo rén zěn me bàn
他咬人怎么办？

nóng fū yóu yù le yī xià　　　dūn zài xiǎo shé páng biān xiǎng　　wǒ jiù le
农夫犹豫了一下，蹲在小蛇旁边想：我救了

tā　　tā yīng gāi gǎn xiè wǒ cái shì　　zěn me huì yǎo wǒ ne　　yú shì　　shēn
他，他应该感谢我才是，怎么会咬我呢。于是，伸

chū shǒu bǎ xiǎo shé jiǎn le qǐ lái　　chuāi zài huái lǐ　xiǎo xīn yì yì de jì xù
出手把小蛇捡了起来，揣在怀里，**小心翼翼**地继续

gǎn lù
赶路。

xiǎo shé zài nóng fū de huái lǐ màn màn sū xǐng guò lái　　tā gǎn dào hěn
小蛇在农夫的怀里慢慢苏醒过来，他感到很

wēn nuǎn　　xiǎng dòng yi dòng　　kě shì zhè lǐ tài xiá zhǎi le　　zěn me dōu dòng tan
温暖，想动一动，可是这里太狭窄了，怎么都动弹

bù dé　　　　　　　　　　　　　　　　jiù bù mǎn yì de zài nóng fū xiōng
不得（没有办法移动自己的肢体），就不满意地在农夫胸

kǒu shàng hěn hěn de yǎo le yī kǒu　　nóng fū tū rán jué de xiōng kǒu yī zhèn jù
口上狠狠地咬了一口。农夫突然觉得胸口一阵剧

tòng　　lián máng jiě kāi yī fu　　yuán lái shì xiǎo shé yǎo le zì jǐ　　tā xià de
痛，连忙解开衣服，原来是小蛇咬了自己，他吓得

jí máng dǒu diào xiǎo shé　　　yòu yòng kǎn chái dāo kǎn sǐ le tā　　rán hòu huāng máng
急忙抖掉小蛇，又用砍柴刀砍死了他，然后慌忙

pǎo xià shān　　gāng dào jiā lǐ　　shé dú jiù fā zuò le　　dú yè xùn sù qīn rù
跑下山。刚到家里，蛇毒就发作了，毒液迅速侵入

xīn zàng　　méi guò duō jiǔ　　nóng fū jiù sǐ le
心脏，没过多久，农夫就死了。

鉴赏心得

　　恩将仇报的小蛇咬死了农夫，我们在为农夫感到惋惜的同时，也深深地明白了一个道理，坏蛋害人的本性是什么时候都不会改变的，对于坏人，我们绝不能有怜悯之心。

<ruby>好<rt>hào</rt></ruby><ruby>战<rt>zhàn</rt></ruby><ruby>的<rt>de</rt></ruby><ruby>兔<rt>tù</rt></ruby><ruby>子<rt>zi</rt></ruby>

名 师 导 读

　　兔子不服狮子的统治，决定发动兔子大军进攻狮子。在行进的途中，兔子会遇到什么意外情况呢？浩浩荡荡的兔子大军能够打败百兽之王吗？

　　<ruby>狮<rt>shī</rt></ruby><ruby>子<rt>zi</rt></ruby><ruby>是<rt>shì</rt></ruby><ruby>森<rt>sēn</rt></ruby><ruby>林<rt>lín</rt></ruby><ruby>中<rt>zhōng</rt></ruby><ruby>的<rt>de</rt></ruby><ruby>百<rt>bǎi</rt></ruby><ruby>兽<rt>shòu</rt></ruby><ruby>之<rt>zhī</rt></ruby><ruby>王<rt>wáng</rt></ruby>，<ruby>统<rt>tǒng</rt></ruby><ruby>治<rt>zhì</rt></ruby><ruby>着<rt>zhe</rt></ruby><ruby>整<rt>zhěng</rt></ruby><ruby>个<rt>gè</rt></ruby><ruby>森<rt>sēn</rt></ruby><ruby>林<rt>lín</rt></ruby><ruby>的<rt>de</rt></ruby><ruby>所<rt>suǒ</rt></ruby><ruby>有<rt>yǒu</rt></ruby><ruby>动<rt>dòng</rt></ruby><ruby>物<rt>wù</rt></ruby>。

　　<ruby>所<rt>suǒ</rt></ruby><ruby>有<rt>yǒu</rt></ruby><ruby>的<rt>de</rt></ruby><ruby>动<rt>dòng</rt></ruby><ruby>物<rt>wù</rt></ruby><ruby>都<rt>dōu</rt></ruby><ruby>服<rt>fú</rt></ruby><ruby>服<rt>fú</rt></ruby><ruby>贴<rt>tiē</rt></ruby><ruby>贴<rt>tiē</rt></ruby><ruby>的<rt>de</rt></ruby>，<ruby>唯<rt>wéi</rt></ruby><ruby>独<rt>dú</rt></ruby><ruby>兔<rt>tù</rt></ruby><ruby>子<rt>zi</rt></ruby><ruby>心<rt>xīn</rt></ruby><ruby>里<rt>lǐ</rt></ruby><ruby>不<rt>bù</rt></ruby><ruby>服<rt>fú</rt></ruby>。<ruby>他<rt>tā</rt></ruby><ruby>们<rt>men</rt></ruby><ruby>召<rt>zhào</rt></ruby><ruby>开<rt>kāi</rt></ruby><ruby>了<rt>le</rt></ruby><ruby>一<rt>yī</rt></ruby><ruby>个<rt>gè</rt></ruby><ruby>大<rt>dà</rt></ruby><ruby>会<rt>huì</rt></ruby>，<ruby>会<rt>huì</rt></ruby><ruby>上<rt>shàng</rt></ruby><ruby>大<rt>dà</rt></ruby><ruby>家<rt>jiā</rt></ruby><ruby>一<rt>yī</rt></ruby><ruby>致<rt>zhì</rt></ruby><ruby>认<rt>rèn</rt></ruby><ruby>为<rt>wéi</rt></ruby><ruby>绝<rt>jué</rt></ruby><ruby>不<rt>bù</rt></ruby><ruby>能<rt>néng</rt></ruby><ruby>再<rt>zài</rt></ruby><ruby>忍<rt>rěn</rt></ruby><ruby>受<rt>shòu</rt></ruby><ruby>狮<rt>shī</rt></ruby><ruby>子<rt>zi</rt></ruby><ruby>大<rt>dà</rt></ruby><ruby>王<rt>wáng</rt></ruby><ruby>的<rt>de</rt></ruby><ruby>统<rt>tǒng</rt></ruby><ruby>治<rt>zhì</rt></ruby><ruby>了<rt>le</rt></ruby>，<ruby>于<rt>yú</rt></ruby><ruby>是<rt>shì</rt></ruby><ruby>决<rt>jué</rt></ruby><ruby>定<rt>dìng</rt></ruby><ruby>起<rt>qǐ</rt></ruby><ruby>义<rt>yì</rt></ruby>，<ruby>发<rt>fā</rt></ruby><ruby>动<rt>dòng</rt></ruby><ruby>兔<rt>tù</rt></ruby><ruby>子<rt>zi</rt></ruby><ruby>大<rt>dà</rt></ruby><ruby>军<rt>jūn</rt></ruby>，<ruby>浩<rt>hào</rt></ruby><ruby>浩<rt>hào</rt></ruby><ruby>荡<rt>dàng</rt></ruby><ruby>荡<rt>dàng</rt></ruby>（形容队伍的人数很多，气势十分宏大）

xiàng shī wáng suǒ zài de shù lín pū qù
向狮王所在的树林扑去。

zài tā men de xíng jūn guò chéng zhōng　méi yǒu yī zhī tù zi chéng rèn
在他们的行军过程中，没有一只兔子承认

zì jǐ dǎn xiǎo　　dà jiā dōu yì fèn tián yīng　　dòu zhì gāo áng
自己胆小，大家都义愤填膺，斗志高昂。

hū rán　　yī zhèn dà fēng xí lái　　shù yè fēn fēn piāo luò zài tù zi
忽然，一阵大风袭来，树叶纷纷飘落在兔子

shēn shàng　　tù zi tīng dào shù yè sù sù luò dì de shēng yīn　　yǐ wéi shī zi
身上。兔子听到树叶簌簌落地的声音，以为狮子

dé dào xiāo xi　　kāi shǐ dà fā léi tíng　　jìng bǎ shù yè dōu chuī luò xià lái
得到消息，开始大发雷霆，竟把树叶都吹落下来，

yú shì xià de　luò huāng ér táo
于是吓得落荒而逃（形容因为吃了败仗慌忙逃走的样子），

lián tóu yě bù gǎn huí
连头也不敢回。

cóng cǐ yǐ hòu　　hào zhàn de tù zi zài yě bù tí fǎn kàng sēn lín zhī
从此以后，好战的兔子再也不提反抗森林之

wáng tǒng zhì de shì le
王统治的事了。

鉴赏心得

　　兔子听到落叶的声音吓得落荒而逃，又怎么能战胜强大的百兽之王？可见有些人表面看起来非常强大，其实内心是非常胆怯的，他们只不过是在虚张声势而已。

lù yǔ pú tao téng
鹿与葡萄藤

一只鹿被猎人紧紧追赶，在万分危急的时候，他钻进了茂密的葡萄藤里。接下来会发生什么事情呢？鹿能躲过猎人的追捕吗？

shù lín lǐ　　yī zhī lù zài kuáng bēn　　　　shēn hòu shì
树林里，一只鹿在狂奔（飞快地奔跑），身后是

jǐn jǐn zhuī gǎn tā de liè rén
紧紧追赶他的猎人。

　　wǒ bì xū xiǎng bàn fǎ bǎi tuō wēi xiǎn　　jiù zài lù chǔ jìng wàn fēn
　　"我必须想办法摆脱危险。"就在鹿处境万分

wēi jí de shí hou　　yī piàn mào mì de pú tao téng
危急的时候，一片茂密的葡萄藤

tū rán chū xiàn zài lù de yǎn qián　　zhè kě shì yī
突然出现在鹿的眼前。这可是一

gè jué hǎo de cáng shēn zhī chù　　chèn guǎi wān de
个绝好的藏身之处。趁拐弯的

shí hou　　lù duǒ guò liè rén de shì
时候，鹿躲过猎人的视

xiàn　　sōu de zuān dào pú tao téng
线，嗖地钻到葡萄藤

lǐ qù le
里去了。

猎人追过来后，却找不到鹿的影子。猎人站在葡萄藤前不知道该往哪儿追。猎人想了想，便朝前面追去。

猎人走远了，鹿长舒了一口气。刚才跑得又累又饿，得吃点东西恢复一下体力。

鹿看了看眼前**肥大**的葡萄叶，开始大嚼起来。正当他吃得**心满意足**（形容心里十分的满意）的时候，返回来的猎人听到了葡萄藤后面传出"沙沙"的声音。猎人断定鹿一定在葡萄藤后面，就悄悄地朝葡萄藤射了一箭。

鹿中箭倒了下来。此时，他**后悔**极了："都怪我，不应该去吃救过自己的葡萄叶……"

鉴赏心得

　　鹿吃掉了救命的葡萄叶，从而暴露了自己，被猎人射杀，这就是恩将仇报的下场。鹿的教训也启发我们，灾难总是降临在麻痹大意的时候。

chī ròu de xiǎo hái
吃肉的小孩

名 师 导 读

山上的牧人举行盛大的宴会招待村民，贫苦的寡妇带着孩子也来参加宴会。可是鲜美的羊肉却给孩子带来了痛苦，这到底是为什么呢？

yī tiān　　shān shàng de mù rén yào jǔ xíng yī cì shèng dà
一天，山上的牧人要举行一次盛大（规模很大，

de yàn huì　　tè yì shā le yī zhī yáng yàn qǐng fù jìn de cūn mín
很隆重）的宴会，特意杀了一只羊宴请附近的村民。

zhè duì shān xià de cūn mín lái shuō　　kě shì tiān dà
这对山下的村民来说，可是天大

de xǐ shì　　dà jiā dōu xié jiā dài kǒu qián lái fù yàn
的喜事。大家都携家带口前来赴宴。

yǒu ge pín kǔ de guǎ fu yě dài zhe hái zi lái cān jiā zhè cì shèng yàn

有个贫苦的寡妇也带着孩子来参加这次盛宴

le   jiù zài dà jiā shuō shuō xiào xiào   chī chī hē hē   jìn qíng de xiǎng shòu

了。就在大家说说笑笑、吃吃喝喝，尽情地享受

xiān měi de yáng ròu de shí hou   guǎ fu dài lái de hái zi tū rán dà shēng jiào le

鲜美的羊肉的时候，寡妇带来的孩子突然大声叫了

qǐ lái   mā ma   mā ma   wǒ chī yáng ròu chī de dù zi hǎo tòng a

起来："妈妈！妈妈！我吃羊肉吃得肚子好痛啊！"

zhè shì xīn xiān de yáng ròu   zěn me huì dù zi téng ne   zài zuò

这是新鲜的羊肉，怎么会肚子疼呢？在座

de rén dōu mí huò bù jiě

的人都迷惑不解（对某件事情感到非常迷惑，不能够理

解）。接着，孩子又说："我的肚子实在装不

xià yáng ròu le   wǒ xiǎng tù

下羊肉了，我想吐。"

yuán lái   zhè ge hái zi chī de yáng ròu chāo guò le tā de wèi róng liàng

原来，这个孩子吃的羊肉超过了他的胃容量，

dāng rán yào tù chū lái le   zhè shí   hái zi de mā ma shuō   jì rán yǐ

当然要吐出来了。这时，孩子的妈妈说："既然已

jīng chī bǎo le   jiù bù yīng gāi zài chī duō yú de ròu le   zhè yàng jì shāng

经吃饱了，就不应该再吃多余的肉了，这样既伤

shēn tǐ   yòu làng fèi shí wù

身体，又浪费食物。"

鉴赏心得

　　孩子的教训告诉我们，无论多么鲜美的食物，吃多了都会伤身体的。生活中的很多事情都是这样，我们在做事时要懂得适可而止，不能贪婪，否则就会给自己带来麻烦。

伊索寓言

觅食的鸟
mì shí de niǎo

名 师 导 读

小鸟在树林里发现了一棵果树，他决定从此在果树上安家，这样就可以不再受奔波之苦。小鸟美好的愿望能实现吗？

有一只小鸟，经常在树林里飞来飞去，在数不清的树叶和草叶上，小鸟经常能够找到一些可口的小虫子，这可是小鸟最喜欢的食物。

这一年，这只小鸟喜欢上了树林里的一棵果树。春天的时候，小鸟第一次看到这棵树，说："看！我多幸运哪！找到了一棵能结出果实的树。"

当时的果树刚刚开花，小鸟从此开始了耐心（有耐性，一点也不急躁、不厌烦）的等待。经过春天、夏天，到了秋天，果树上的果实成熟了。小鸟终于等到了品尝果实的时刻。

小鸟咬了一口果实，果肉酸甜可口，好吃极了！小鸟想：有了这棵能结出美味果实的树，我再也不用在树林里飞来飞去地找虫子

^{chī le}
吃了。

^{yú shì   xiǎo niǎo jiù zài zhè kē shù shàng dìng jū le   àn zhào xiǎo niǎo}
于是，小鸟就在这棵树上定居了。按照小鸟

^{de jì huà   tā yào zài zhè kē shù shàng shēng huó yī bèi zi}
的计划，他要在这棵树上生活一辈子。

^{kě lìng tā méi xiǎng dào de shì   bù jiǔ hòu de yī tiān   tā de}
可令他没想到的是，不久后的一天，他的

^{xíng zōng bèi yī gè bǔ niǎo rén fā xiàn le   tā qīng ér yì jǔ}
行踪被一个捕鸟人发现了，他轻而易举（形容

做一件事情很容易，不用费多少力气）^{de bèi huó zhuō le   zhè}地被活捉了。这

^{shí   xiǎo niǎo cái míng bai guò lái   shuō   yào shì wǒ bù tān chī}
时，小鸟才明白过来，说："要是我不贪吃，

^{bù tú ān yì xiǎng lè   yě xǔ jiù bú huì chéng wéi liè wù le}
不图安逸享乐，也许就不会成为猎物了。"

鉴赏心得

　　小鸟一旦在果树上安家，就成了捕鸟人的囊中之物。可见
贪图一时的享受，会给将来带来祸患。

78

伊索寓言

蚂蚁与鸽子

一只意外落水的蚂蚁，被鸽子救下，他对鸽子充满了感激。在鸽子遇到危险的时候，蚂蚁决定报答鸽子。鸽子遇到了什么危险？蚂蚁能够帮助鸽子脱险吗？

在一个大石头缝里，住着**无数**只小蚂蚁。这天，一只小蚂蚁渴了，来到河边喝水。

"咕咚、咕咚……"小蚂蚁在河边喝了几口水，感觉很**舒服**，刚想伸个懒腰，不料脚下一滑，哧溜一下，掉进了河里。

"救命啊！救命！"要知道蚂蚁可不会游泳啊！

一只鸽子听到小蚂蚁**细弱**的救命声，赶快衔起一根小树枝扔到水里。小蚂蚁顺着树枝爬上了岸。

小蚂蚁终于得救了，他打心眼儿里**感激**（因为别人对自己的好意或帮助而感动或感谢）鸽子。

看到小蚂蚁脱险了，鸽子飞到河边的一棵树上，想休息一下。忽然，小蚂蚁发现一个捕鸟人正站在树下，举着一根带长杆的捕鸟网正要去套鸽子。

"这可不行啊！我得帮帮鸽子。"小蚂蚁飞快地跑到树下，在捕鸟人的脚上狠狠地咬了一口。

"啊哟！"捕鸟人被突如其来（突然发生的，

（没有想到的）的疼痛吓了一跳，他的惊叫声引起了鸽子的注意，鸽子**迅速**地飞上了天空。小蚂蚁这才满意地回到自己石头缝的家里。

 鉴赏心得

　　这则故事告诉我们，在生活中，我们要像鸽子那样积极帮助别人，这样当我们有困难时，才会得到别人的帮助。同时，我们也要像蚂蚁那样，学会知恩图报。

qīng wā de xuǎn zé
青蛙的选择

名师导读

两只青蛙好不容易找到了一口水井，其中一只青蛙不假思索地就要跳下去，可另一只青蛙却拦住了他，这是为什么呢？青蛙的话又会带给我们怎样的启迪呢？

liǎng zhī qīng wā yī kuài zhù zài yī gè xiǎo chí táng lǐ hòu lái chí táng gān
两只青蛙一块住在一个小池塘里，后来池塘干

hé
涸（池塘或河流干枯没有水了）了，两只青蛙开始四处

bēn bō qù xún zhǎo xīn de jiā yuán
奔波，去寻找新的家园。

两只青蛙走哇，走哇，终于来到一口水井的旁边。看到**清澈**的井水，他们非常兴奋。一只青蛙**不假思索**地就要跳到井里去，而另一只却把他拦住了。被阻拦的青蛙有些**扫兴**地喊道："干吗呀！我们好不容易才找了个有水的地方，还不赶快跳进去痛快地洗个澡。"

另一只青蛙赶紧说："兄弟，你头脑清醒一点，你想想这井又小又深，万一**枯竭（干枯断绝，这里是说井里没有水了）**了，咱们怎么上得来呢？到那时，不就要活活等死吗？"

第一只青蛙听了，明白自己刚才太**鲁莽**了，只图一时痛快，完全没考虑后果。

于是，他俩又开始了新的寻找。不久，他们就找到了一大片美丽的湖泊。

鉴赏心得

另一只青蛙以冷静的思索和判断，阻止了鲁莽的同伴，排除了隐患。他们的经验告诉我们，要充分想清楚事情的利与弊之后，再做决定，千万不可鲁莽行事。

tiě jiàng yǔ xiǎo gǒu
铁匠与小狗

在铁匠铺吵闹的环境里，一只狗总趴在一边睡觉，任凭客人怎样推他，他都像聋子一样无动于衷。这只狗真是聋子吗？他能听得到打铁的声音吗？

zhù zài xiǎo zhèn shàng de rén　　yī tīng dào　dīng dīng dāng dang de shēng
　　住在小镇上的人，一听到叮叮当当的声
yīn xiǎng qǐ　　jiù zhī dào tiě jiàng pù de tiě jiàng men yòu kāi shǐ gōng zuò le
音响起，就知道铁匠铺的铁匠们又开始工作了。

打铁的声音简直震耳欲聋（震动得耳朵都快要聋了，形容声音非常地大），铁匠铺里也很热闹，有看炉火的、有抡锤子砸铁的……

在如此吵闹的环境里，有一只狗总趴在一边睡觉。这天，一个新来的人很好奇，推了一下狗，可狗只是抬一下眼皮，又昏昏睡去了。

"原来这只狗是个聋子。"每次听新来的人这么说，狗的主人——铁匠头儿都会无奈地笑笑。

该吃午饭了，所有的人都放下了手里的活，铁匠铺子顿时安静了下来。

大家围在饭桌前吃起来，那只睡觉的狗听到了人们吃饭的声音，立刻跑到铁匠们面前摇头摆尾（摇着头摆着尾巴，形容狗讨好主人的样子）。

hē
"呵！zhè zhī gǒu lián dǎ tiě de shēng yīn dōu tīng bú dào这只狗连打铁的声音都听不到，què néng tīng却能听

dào chī fàn de shēng yīn到吃饭的声音？"xīn lái de rén hěn jīng qí新来的人很惊奇。

tiě jiàng tóu er rēng gěi gǒu yī kuài gǔ tou铁匠头儿扔给狗一块骨头，shuō说："wǒ zhè zhī gǒu zhǐ我这只狗只

zài zì jǐ xǐ huan de shì qing shàng ěr duo bù lóng在自己喜欢的事情上耳朵不聋！"

tīng le tiě jiàng tóu er de huà听了铁匠头儿的话，suǒ yǒu de rén dōu dà xiào qǐ lái所有的人都大笑起来。

鉴赏心得

　　狗对打铁的声音无动于衷，是因为他觉得事不关己，对于自己爱吃的骨头，他自然不肯错过。这个故事讽刺了那些只关心自己，对别人漠不关心的人。

猴子与渔夫

伊索寓言

名 师 导 读

　　渔夫家里飘出的鱼肉香味儿，让小猴子羡慕不已，他趁渔夫回家吃饭的工夫，偷走渔网到湖边捕鱼，小猴子能捕到鱼吗？

　　在一个湖边长着一棵大树。树下住着一个老渔夫，树上住着一只小猴子。

　　每天，渔夫都到湖里去打鱼，猴子就蹲在树上看着。晚上，当渔夫的家里飘出鱼肉的**香味**儿

时，猴子都会馋得在树上乱蹦。

"明天，我也去打鱼！"一天夜里，猴子做出了这个 重要（非常要紧，有很大的意义）决定。

第二天，渔夫又从屋子里出来拿着渔网打鱼了。猴子没有渔网，他只能等啊、等啊……一直等到中午渔夫回家吃午饭了。

猴子跳下树，使劲拽起渔夫刚刚晾在外面的渔网，美滋滋地来到湖边。猴子模仿渔夫的样子，甩起渔网就撒。可是，他这一网下去，网到的竟然是自己。坏了！猴子被套在渔网里不能动弹了，他在岸边挣扎，一不小心竟掉到了湖里，眼看就要被淹死了。渔夫听到声音，立刻跑出来救了猴子。猴子后悔地说："真丢脸，还没学会撒网，就想抓鱼。"说着，猴子哧溜一下蹿到树上去了。

鉴赏心得

小猴子不但没捕到鱼，还险些送了性命。看来，要想获得成就，就要脚踏实地练好一技之长，千万不可急功近利，否则只能无功而返。

<ruby>北<rt>běi</rt></ruby> <ruby>风<rt>fēng</rt></ruby> <ruby>和<rt>hé</rt></ruby> <ruby>太<rt>tài</rt></ruby> <ruby>阳<rt>yáng</rt></ruby>

名 师 导 读

北风对太阳的话感到不服气，决定和太阳比试一下，看看谁能让一个正在地上行走的人脱掉衣服。在这场有趣的比赛中，北风和太阳谁能获胜呢？

<ruby>一<rt>yī</rt></ruby> <ruby>天<rt>tiān</rt></ruby>，<ruby>四<rt>sì</rt></ruby> <ruby>处<rt>chù</rt></ruby> <ruby>旅<rt>lǔ</rt></ruby> <ruby>行<rt>xíng</rt></ruby> <ruby>的<rt>de</rt></ruby> <ruby>北<rt>běi</rt></ruby> <ruby>风<rt>fēng</rt></ruby> <ruby>一<rt>yī</rt></ruby> <ruby>抬<rt>tái</rt></ruby> <ruby>头<rt>tóu</rt></ruby>，<ruby>看<rt>kàn</rt></ruby> <ruby>到<rt>dào</rt></ruby> <ruby>了<rt>le</rt></ruby>
<ruby>正<rt>zhèng</rt></ruby> <ruby>明<rt>míng</rt></ruby> <ruby>晃<rt>huǎng</rt></ruby> <ruby>晃<rt>huǎng</rt></ruby> <ruby>发<rt>fā</rt></ruby> <ruby>出<rt>chū</rt></ruby> <ruby>光<rt>guāng</rt></ruby> <ruby>和<rt>hé</rt></ruby> <ruby>热<rt>rè</rt></ruby> <ruby>的<rt>de</rt></ruby> <ruby>太<rt>tài</rt></ruby> <ruby>阳<rt>yáng</rt></ruby>。

<ruby>北<rt>běi</rt></ruby> <ruby>风<rt>fēng</rt></ruby> <ruby>感<rt>gǎn</rt></ruby> <ruby>到<rt>dào</rt></ruby> <ruby>很<rt>hěn</rt></ruby> <ruby>奇<rt>qí</rt></ruby> <ruby>怪<rt>guài</rt></ruby>，<ruby>就<rt>jiù</rt></ruby> <ruby>问<rt>wèn</rt></ruby>：
"<ruby>太<rt>tài</rt></ruby> <ruby>阳<rt>yáng</rt></ruby>，<ruby>你<rt>nǐ</rt></ruby> <ruby>在<rt>zài</rt></ruby> <ruby>干<rt>gàn</rt></ruby> <ruby>什<rt>shén</rt></ruby> <ruby>么<rt>me</rt></ruby>？"

<ruby>太<rt>tài</rt></ruby> <ruby>阳<rt>yáng</rt></ruby> <ruby>说<rt>shuō</rt></ruby>："<ruby>我<rt>wǒ</rt></ruby> <ruby>在<rt>zài</rt></ruby> <ruby>照<rt>zhào</rt></ruby> <ruby>耀<rt>yào</rt></ruby>
<ruby>万<rt>wàn</rt></ruby> <ruby>物<rt>wù</rt></ruby> <ruby>生<rt>shēng</rt></ruby> <ruby>长<rt>zhǎng</rt></ruby>，<ruby>因<rt>yīn</rt></ruby> <ruby>为<rt>wèi</rt></ruby> <ruby>大<rt>dà</rt></ruby> <ruby>地<rt>dì</rt></ruby> <ruby>需<rt>xū</rt></ruby>
<ruby>要<rt>yào</rt></ruby> <ruby>我<rt>wǒ</rt></ruby>。"

<ruby>北<rt>běi</rt></ruby> <ruby>风<rt>fēng</rt></ruby> <ruby>听<rt>tīng</rt></ruby> <ruby>了<rt>le</rt></ruby>，<ruby>很<rt>hěn</rt></ruby> <ruby>不<rt>bù</rt></ruby> <ruby>服<rt>fú</rt></ruby>
<ruby>气<rt>qì</rt></ruby>："<ruby>你<rt>nǐ</rt></ruby> <ruby>别<rt>bié</rt></ruby> <ruby>说<rt>shuō</rt></ruby> <ruby>大<rt>dà</rt></ruby> <ruby>话<rt>huà</rt></ruby> <ruby>了<rt>le</rt></ruby>，<ruby>要<rt>yào</rt></ruby> <ruby>知<rt>zhī</rt></ruby> <ruby>道<rt>dào</rt></ruby>，
<ruby>天<rt>tiān</rt></ruby> <ruby>下<rt>xià</rt></ruby> <ruby>谁<rt>shuí</rt></ruby> <ruby>不<rt>bú</rt></ruby> <ruby>怕<rt>pà</rt></ruby> <ruby>北<rt>běi</rt></ruby> <ruby>风<rt>fēng</rt></ruby> <ruby>呢<rt>ne</rt></ruby>，<ruby>我<rt>wǒ</rt></ruby> <ruby>可<rt>kě</rt></ruby> <ruby>以<rt>yǐ</rt></ruby> <ruby>任<rt>rèn</rt></ruby> <ruby>意<rt>yì</rt></ruby> <ruby>摧<rt>cuī</rt></ruby>
<ruby>毁<rt>huǐ</rt></ruby>（用强大的力量破坏或毁坏）<ruby>大<rt>dà</rt></ruby> <ruby>树<rt>shù</rt></ruby> <ruby>和<rt>hé</rt></ruby>

房屋。所以对万物来说，还是我的作用大。"

太阳不同意北风的看法，他们决定比试比试，看谁能让一个正在地上行走的人脱掉衣服。

性急的北风开始向那个人吹风。风越吹越大，而那个人呢？却越来越**裹紧**自己的大衣，甚至浑身哆嗦地蹲在了地上。北风没办法了。

接着，轮到太阳施展本事了。只见他散发出阵阵热浪，发出的光也越来越耀眼。阳光很快就**舒缓**了那个人的寒冷，他沐浴在太阳的温暖中，解开大衣的纽扣继续赶路。可是没走

几步，就浑身冒汗。他开始脱掉衣服，最初是大衣，然后是里面的外套，最后脱得只剩下了内衣内裤，可身上还是不住地冒汗。这可怎么办？忽然，这个人眼前一亮，他看到不远处有一个池塘，就不顾一切（什么事情都顾不得了）地跑过去，扑通一声跳进池塘避暑了。

北风不再说什么了，他在空中打了个旋儿，飞走了。

鉴赏心得

尽管北风的力气很大，但由于方法不对，最后还是输给了太阳。与强大的对手较量，仅靠力气是不够的，还要开动脑筋，想出有效的对策，方能取胜。

蚱蜢和猫头鹰
zhà měng hé māo tóu yīng

猫头鹰被蚱蜢的叫声吵得无法入睡，无论他怎样请求，蚱蜢都不愿意停下来。接下来猫头鹰会想出什么办法呢？他能阻止蚱蜢没有休止地鸣叫吗？

一只猫头鹰白天在家里睡觉，每到晚上就出来找东西吃。

有一天，正当他睡得很香的时候，被一只蚱蜢的声音给吵醒了，他无法入睡，就**急切**地请求蚱蜢停止叫声。

蚱蜢根本就不理他，仍然叫个不停。猫头鹰越是不断地请求，蚱蜢反而叫得越响。

猫头鹰被弄得**无可奈何**（感到没有办法，只能这样了），**焦躁不安**。突然，他想到一个**妙策**，便对蚱蜢说："听到你动听的歌声，我已睡不着了。你的歌声就像阿波罗神的弦琴一样动听。我要把青春女神赫柏刚送给我的仙酒拿出来，痛痛

_{kuài kuài de chàng yǐn yī fān}　　　_{nǐ rú guǒ bù fǎn duì}　　_{jiù qǐng shàng lái yī}
快　快　地　畅　饮　一　番。你如果不反对，就请上来一

_{qǐ hē ba}
起喝吧。"

　　　　_{zhà měng zhè shí zhèng gāo xìng de}　_{wàng hū suǒ yǐ}
　　　　蚱　蜢　这时正高兴得忘乎所以（因为高兴或者得

意而忘掉了自己原来应该怎么样做），_{yīn cǐ}　　_{tā shén me yě méi}
因此，他什么也没

_{xiǎng jiù jí máng fēi le shàng qù}　　_{jié guǒ}　_{māo tóu yīng cóng dòng lǐ chōng chū}
想　就　急　忙　飞了上去。结果，猫头鹰从洞里冲出

_{lái}　_{bǎ zhà měng nòng sǐ le}
来，把蚱蜢弄死了。

　　猫头鹰的请求，不但没有阻止蚱蜢，反而让蚱蜢得意忘形，忘记了自己的地位和处境，最终断送了性命。可见，得意忘形的时候，最容易放松警惕，从而导致失败。

hái zi hé qīng wā
孩子和青蛙

名师导读

一个孩子学青蛙跳水的动作，被其他孩子嘲笑，这个孩子会有什么反应呢？

zài yī gè shān qīng shuǐ xiù　　　　　　　　　　　de xiāng cūn　　yǒu
在一个 山清水秀（形容风景十分优美）的乡村，有

yī gè chí táng　　xià tiān　　zhè lǐ chéng le hái zi men de xiǎo shǔ lè yuán　tóng
一个池塘。夏天，这里成了孩子们的消暑乐园，同

shí　　tā yě shì xiǎo qīng wā　　xiǎo yú děng shuǐ shēng dòng wù de jiā
时，它也是小青蛙、小鱼等水生动物的家。

yī nián xià tiān　　zhè lǐ fā shēng le zhè yàng yī jiàn xiǎo shì
一年夏天，这里发生了这样一件小事：

zhè tiān　　jǐ gè hái zi zhèng zài chí táng lǐ yóu yǒng　　yī gè hái zi zhàn
这天，几个孩子正在池塘里游泳。一个孩子站

zài àn biān de shí tou shàng　　zuò le yī gè yōu měi de qīng wā tiào shuǐ de dòng zuò
在岸边的石头上，做了一个**优美**的青蛙跳水的动作，

pū tōng yī shēng tiào jìn chí táng　　qià qiǎo　　hé yè shàng de yī
扑通一声跳进池塘。恰巧，荷叶上的一

zhī qīng wā yě tóng shí tiào jìn le shuǐ lǐ
只青蛙也同时跳进了水里。

"哈哈!"别的孩子都嘲笑这个跳水的孩子,

他们说:"你跳,青蛙也跳,你和青蛙是哥儿们。"

听大家这么说,跳水的孩子很生气,他把所

有**怨气**都撒到青蛙身上。他捡起一块石头,向一只

青蛙重重地砸了过去。扑哧一声,青蛙被打死了。

"太好玩了!"其他孩子也都捡石头打青蛙。

一时间,石头乱飞,许多青蛙被打死了。

这时,一只青蛙钻出水面哭着说:"别打了,

你们游戏玩乐,我们又没有**妨碍**你们,为什么要

我们付出生命的代价?"听到青蛙的话,孩子

们举着石头的手都放下了。

鉴赏心得

　　受到嘲笑的孩子,拿青蛙撒气,并引发其他孩子争相效仿。孩子们野蛮的行径,让我们感到气愤不已。把自己的快乐建立在别人的痛苦之上,这是多么自私啊!

lú zi hé tā de yǐng zi
驴子和他的影子

在一个非常炎热的中午，驴子的雇主和驴子的主人发生了激烈争执。他们为什么事情发生争执？他们谁能够在争执中胜出？

yī tiān　　yī gè lǚ xíng zhě qí zhe gù lái de lǘ zi　　zài lǘ zi zhǔ
一天，一个旅行者骑着**雇来**的驴子，在驴子主

rén de péi tóng xià chū fā le
人的陪同下出发了。

tā men bù tíng de zǒu zhe　　kuài dào zhōng wǔ le　　liè rì dāng tóu
他们不停地走着，快到中午了，烈日当头，

tā men gǎn dào yòu lèi yòu kě　　lǚ xíng zhě　　lǘ zi zhǔ rén hé lǘ zi dōu
他们感到又累又渴，旅行者、驴子主人和驴子都

xū yào xiū xi yī xià le　　kě lǚ xíng zhě fàng yǎn
需要休息一下了。可旅行者**放眼**

wàng qù
望去（随着视力的延伸而看向远方），

zhè er sì zhōu jìng méi yǒu yī kē kě yǐ chéng liáng de shù　zǒng bù néng zuò zài
这儿**四周**竟没有一棵可以乘凉的树，总不能坐在

kǎo rén de tài yáng xià xiū xi ba　zuì hòu lǚ xíng zhě de mù guāng luò zài le
烤人的太阳下休息吧！最后旅行者的目光落在了

lú zi shēn shàng　yǒu le　lú zi de yǐng zi kě yǐ chéng liáng a　lǚ xíng
驴子身上，有了，驴子的影子可以乘凉啊！旅行

zhě gǎn jǐn zuò zài lú zi de yǐng zi lǐ
者赶紧坐在驴子的影子里。

zhèng zài xiǎng bàn fǎ chéng liáng de lú zi zhǔ rén kàn dào lǚ xíng zhě de bàn
　　正在想办法乘凉的驴子主人看到旅行者的办

fǎ bú cuò　yě jǐ le guò lái　kě shì　lú zi yǐng zi lǐ zhǐ néng róng nà
法不错，也挤了过来。可是，驴子影子里只能容纳（能

够装得下）yī gè rén chéng liáng　lǚ xíng zhě biàn shuō　wǒ huā qián gù de
够装得下）一个人乘凉。旅行者便说："我花钱雇的

lú zi　wǒ yīng gāi xiǎng shòu lú zi de yǐng zi
驴子，我应该享受驴子的影子。"

lú zi zhǔ rén bù tóng yì　tā shuō　wǒ shì lú zi de zhǔ rén
　　驴子主人不同意，他说："我是驴子的主人，

wǒ yīng gāi xiǎng shòu lú zi de yǐng zi
我应该享受驴子的影子。"

liǎng gè rén nǐ yī yán wǒ yī yǔ　wèi zhè ge wèn tí chǎo le qǐ lái
　　两个人你一言我一语，为这个问题吵了起来。

zhè shí　lú zi kàn dào méi rén guǎn zì jǐ　jiù tōu tōu de pǎo diào le
这时，驴子看到没人管自己，就偷偷地跑掉了。

鉴赏心得

　　这则寓言启发我们：与人交往、合作时要顾全大局，不
要为一些无关紧要的小事争执，否则就会因小失大。

蝉与蚂蚁

在寒冷的冬季，很多动物都在巢穴品尝着贮存的食物，而蝉却饥寒交迫。这是为什么呢？

冬天来了，田野一片萧条，大风刮了几天之后，太阳难得地露出了笑脸。大多数动物都在一边享受冬日的阳光，一边品尝着贮存的食物。

蚂蚁洞里的小蚂蚁却没有时间休息。这些小家伙在夏季和秋季收获的食物太多了，他们必须趁着天气好，把食物拿到阳光下晾晒一下，以免发霉。

就在蚂蚁晾食物的时候，一只蝉走了过来，

用**颤抖**的声音说："小蚂蚁，可怜可怜我吧，给我点食物吧，我快饿死了。"蚂蚁感到很奇怪，就问："难道你夏天没有储存过冬的食物吗？"提到夏天，蝉痛苦的表情中露出一丝兴奋，他说："夏天是我**纵情**（放纵自己的感情，也就是尽情的意思）歌唱的季节，我哪有时间去做搜集食物这么无聊的工作呀！"

这时，一只蚂蚁说："蝉，既然你在夏天纵情歌唱，那就应该在冬天尽情跳舞。反正冬天天气冷，活动活动身子还暖和呢！"

听了蚂蚁的话，蝉果然浑身**剧烈**（强烈，猛烈）地动了起来。不过，这可不是在跳舞，而是因为又冷又饿，身体在不停地哆嗦。

鉴赏心得

蝉的教训告诉我们，无论做什么事情，都不能只顾眼前，要有一个长远的规划。

rén yǔ luò tuo
人与骆驼

名师导读

几只骆驼来到一座偏僻的小城，从来没有见过骆驼的居民如临大敌。骆驼有着怎样的性情呢？

yī tiān　　jǐ zhī luò tuo lái dào yī zuò piān pì de xiǎo chéng
一天，几只骆驼来到一座偏僻的小城。

dà jiā kuài duǒ qǐ lái ya　guài wu lái la　　cóng lái méi jiàn guò
"大家快躲起来呀！怪物来啦！"从来没见过

luò tuo de xiǎo chéng jū mín　kàn dào gāo gāo dà dà de luò tuo　dōu jǐn
骆驼的小城居民，看到高高大大的骆驼，都紧

zhāng de rú lín dà dí　fēn fēn guān shàng zì jiā de fáng mén　jīng kǒng
张得如临大敌，纷纷关上自家的房门，惊恐

de duǒ zài wū zi lǐ　jiù lián píng shí ài kū de hái zi yě dōu xià de
地躲在屋子里。就连平时爱哭的孩子也都吓得

闭紧了嘴巴，胆子比较大的人也只敢顺着门缝**观察**骆驼的动静。

天黑了，小城里并没有什么厄运发生。接下来，大家几乎都是睁着眼睛过了一夜，但仍然没有任何意外的事情发生。

第二天，胆子大一点的人开始**试探**着来到街上。又过了几天，最胆小的人也走出了家门。大家渐渐发现，骆驼并不可怕，还很温顺，于是开始和骆驼和平共处（非常和睦地在一起生活）起来。

不久，小城的居民彻底了解了骆驼的本性，不但没有了先前的恐惧，反而给骆驼配上缰绳，让骆驼为他们托运货物，就连孩子也愿意骑着骆驼四处游玩。

鉴赏心得

我们在认识一种新生事物时，不能光看表面现象，还要深入研究事物的内在本质。

偷东西的小孩与他母亲

tōu dōng xī de xiǎo hái yǔ tā mǔ qīn

名师导读

一个孩子没有礼貌，还总是喜欢偷别人的东西，父母不但没有好好管教他，甚至还纵容、鼓励他。这个孩子会有一个怎样的未来呢？他将怎样看待自己的父母？

在一座城市里，住着一对夫妻，他们婚后许多年才生下一个儿子。因此，他们对儿子**百依百顺**（什么事情都顺从别人或某个人），把他当宝贝似的养着。儿子被**娇惯**得不像样子，想干什么就干什么。撒起娇来爸爸就得学驴叫，说骑马，爸爸就得立即趴在地上当马。

儿子慢慢长大了，他不但没学好，还越来越没礼貌。有人劝夫妻俩好好儿**管教**儿子，他们不但不听，还和人家吵闹。

儿子上学了，每天放学，爸爸妈妈不是问学习怎么样，而是问儿子吃亏没有，占了便宜

méi yǒu
没有。

yǒu yī cì zhè hái zi kàn dào tóng zhuō de xiàng pí hǎo kàn méi jīng
有一次，这孩子看到同桌的橡皮好看，没经
guò rén jia tóng yì jiù ná huí le jiā kāi shǐ tā hái pà mā ma pī píng
过人家同意，就拿回了家。开始他还怕妈妈批评，
kě shì mā ma bìng méi shuō shén me tā de dǎn zi jiù gèng dà le
可是，妈妈并没说什么，他的胆子就更大了。

hòu lái tā yòu bǎ bié rén de wán jù qiān bǐ ná huí jiā wán
后来，他又把别人的玩具、铅笔拿回家玩，
tā mā ma bú dàn bù pī píng tā fǎn ér kuā tā yǒu běn shi zhè xià tā
他妈妈不但不批评他，反而夸他有本事。这下他
yuè fā dǎn dà qǐ lái yuè tōu yuè duō màn màn xíng chéng le xí guàn
越发胆大起来，越偷越多，慢慢形成了习惯。

yī huǎng jǐ nián guò qù le zhè ge hái zi zhǎng dà le tā kàn jiàn
一晃几年过去了，这个孩子长大了。他看见
bié rén yǒu bǐ zì jǐ hǎo de dōng xi xīn lǐ jiù yǎng yang jiù yào bǎ tā
别人有比自己好的东西，心里就痒痒，就要把它

nòng dào shǒu
弄到手。

zhōng yú yǒu yī tiān   tā yīn wèi jié cái hài mìng
终于有一天，他因为劫财害命（抢劫别人的钱

cái cán hài bié rén de xìng mìng   bèi zhuā   pàn le sǐ xíng   mā ma kū zhe qù
财，残害别人的性命）被抓，判了死刑。妈妈哭着去

kàn tā   tā què shuō   wǒ hèn nǐ   nǐ yào shì zǎo guǎn wǒ   wǒ yě
看他，他却说："我恨你！你要是早管我，我也

bú huì luò dào jīn tiān de dì bù   dōu shì nǐ hài le wǒ
不会落到今天的地步！都是你害了我！"

鉴赏心得

　　小时候的一些坏毛病，如果不及时改正，长大以后就会变成一种恶习，并且很难改正。父母的纵容和娇惯，不是真正意义上的爱，到头来只会害了孩子。

伊索寓言

xíng rén yǔ fú mù
行人与浮木

几个商人要渡海，但苦于没船，这时候，远处的海面上漂来了一个黑影，这是商人们期待的大船吗？他们能否成功渡海呢？

jǐ gè shāng rén yào dù hǎi　　kě àn biān yī tiáo chuán yě méi yǒu
几个商人要渡海，可岸边一条船也没有。

miàn duì máng máng de dà hǎi　　tā men zhǐ néng　wàng yáng xīng tàn
面对茫茫的大海，他们只能 望洋兴叹（指在大事

物面前感叹自己的渺小，比喻因为自己的能力不够而感到无可

奈何）。

dào nǎ er cái néng zhǎo dào yī tiáo chuán ne　　jǐ gè shāng rén yán zhe hǎi
到哪儿才能找到一条船呢？几个商人沿着海

biān bù tíng de zǒu zhe　　xún zhǎo zhe
边不停地走着，寻找着。

kuài kàn　　nà er hǎo xiàng yǒu yī
"快看，那儿好像有一

tiáo chuán　　hū rán　　yī gè shāng rén
条船。"忽然，一个商人

105

xīng fèn de zhǐ zhe hǎi miàn shuō
兴奋地指着海面说。

shì ya　　yuǎn chù de hǎi miàn shàng què shí piāo fú zhe yī gè hēi hū hū
是呀！远处的海面上确实**漂浮**着一个黑糊糊

de dōng xi　　dàn yuàn shì yī sōu hěn dà de chuán　　jǐ gè shāng rén kàn dào le
的东西。但愿是一艘很大的船！几个商人看到了

xī wàng　　zhàn zài hǎi biān nài xīn de děng dài zhe　　chuán　xiàng tā men shǐ lái
希望，站在海边耐心地等待着"船"向他们驶来。

hēi yǐng yuè lái yuè jìn　　jǐ gè shāng rén yě kàn de shāo wēi qīng chu yī
黑影越来越近，几个商人也看得稍微**清楚**一

xiē le　　tā men fā xiàn　　hēi yǐng guāng liū liū de　　bú xiàng shì dà chuán
些了。他们发现，黑影光溜溜的，不像是大船。

āi　　jiù bié tiāo le　　shì yī sōu xiǎo chuán yě xíng a　　tā men réng rán mǎn
哎，就别挑了，是一艘小船也行啊！他们仍然满

huái xī wàng de děng zhe
怀希望地等着。

yòu guò le yī huì er　　hēi yǐng gèng jìn le　　jiē zhe　　yī gè dà
又过了一会儿，黑影更近了。接着，一个大

làng pū guò lái　　hēi yǐng yī xià zi bèi chōng dào le àn shàng　　zhè shí　　jǐ
浪扑过来，黑影一下子被冲到了岸上。这时，几

gè shāng rén cái kàn qīng chu　　zhè nǎ lǐ shì shén me chuán na　　fēn míng shì yī
个商人才看清楚：这哪里是什么船哪，分明是一

gēn piāo zài hǎi shàng de mù tou
根漂在海上的木头。

jǐ gè shāng rén xiāng hù kàn le kàn　　wú nài de shuō　　méi xiǎng dào
几个商人相互看了看，无奈地说："没想到，

yī gēn mù tou yě néng ràng wǒ men kōng huān xǐ yī chǎng
一根木头也能让我们空欢喜一场。"

鉴赏心得

　　这个故事告诉我们：无论做什么事情，都不要把结果想象
得过于美好，甚至要做好最坏的打算。

kǒng què hé bái hè
孔雀和白鹤

 名师导读

　　骄傲的孔雀自以为很美丽，并以此常常讥讽其他鸟儿。但是一只白鹤的到来却让孔雀哑口无言，名声扫地，白鹤到底和孔雀说了些什么呢？

zài yī piàn shù lín lǐ　shēng huó zhe xǔ duō niǎo er　　tā men dōu xǐ huan
　　在一片树林里，生活着许多鸟儿，她们都喜欢

dǎ ban zì jǐ　　qí zhōng　　zuì jiāo ào de yào shǔ kǒng què le　　kǒng què měi tiān
打扮自己。其中，最骄傲的要数孔雀了。孔雀每天

dōu zhàn zài shù lín zuì xiǎn yǎn　　　　　　　　　　　　　　　　de kòng
都站在树林最显眼（显明而容易被看见，引人注目）的空

dì shàng　　bù tíng de dǒu dòng zì jǐ měi lì de cháng wěi ba　　fǎng fú zài shuō
地上，不停地抖动自己美丽的长尾巴，仿佛在说：

kàn wǒ de yǔ máo duō piào liang
看我的羽毛多漂亮！

107

这样一来，一些羽毛不太艳丽的鸟儿都偷偷地躲了起来。她们不愿意受到孔雀的**讥讽**。

一天，从树林外面飞来一只白鹤。白鹤刚飞进树林，就遭到孔雀的**嘲弄**。"喂！你这只丑陋的白鸟，竟然敢在我美丽的羽毛前乱飞？"孔雀**不屑**地说道。

听了孔雀的话，白鹤仔细打量了一番孔雀，说："你的羽毛虽然艳丽，却只能像鸡一样在地上走。我的羽毛虽然朴素，却能自由飞翔。请问，**徒有虚名**（空有名望，有名无实）的外表又有什么意义呢？"

孔雀顿时**哑口无言**，许多先前被孔雀讥讽过的鸟儿从此也都不再**自卑**了，她们纷纷飞到空中，自由地歌唱起来。

鉴赏心得

我们在评价某种事物时，不能只看到其美丽的外表，更要考虑它内在的价值。孔雀的教训告诉我们：做人充满自信是对的，但不能过于狂妄自大。

zéi hé kān jiā gǒu
贼 和 看 家 狗

一个正在行窃的小偷，遭遇了步步逼近的看家狗，小偷灵机一动，想用事先准备好的肉收买看家狗，看家狗会和他做朋友吗？小偷的图谋能够得逞吗？

yǒu gè xiǎo tōu jué dìng chèn zhe yè mù jiàng lín de shí hou jìn xíng tōu qiè
有个小偷决定趁着**夜幕降临**的时候进行**偷窃**

huó dòng
活动。

tā qiāo qiāo de qián rù yī hù nóng jiā xiǎo yuàn
他悄悄地潜入一户农家小院，

qiáo qiáo zuǒ yòu méi rén xīn zhōng bù miǎn àn zì gāo
瞧瞧左右没人，心中**不免**暗自高

兴：这次总算有机会了！

小偷慢慢向农户的房子走去。忽然，他发现一双**敏锐**的眼睛正死死地盯着自己。

啊！小偷吓得浑身哆嗦。

他仔细一看，是一只看家狗正**悄无声息（一点声音也没有）**地向自己靠近，看样子随时都有可能扑过来。

他表现得十分镇静，对看家狗说："喂！看家狗，我们做个朋友吧。"

于是，小偷拿出事先准备好的一块肉，扔到了看家狗的面前，说："看，这是我带给你的礼物，快去吃吧！嘿嘿！"

谁知，狗冷笑了一声，说："别做梦了，难道你想用贿赂（用钱财买通别人）的手段达到偷窃的目的吗？你想错了！"

小偷还想说点什么，看家狗却不想给他说话的机会了。

随着一声狗吠，看家狗噌地一下扑向小偷，小偷立刻喊叫起来。听到声音，农户的主人和儿子都跑了出来，小偷被抓住了。

鉴赏心得

看家狗正直无私、恪尽职守的品质，值得我们深思和学习。在诱惑面前，我们应该擦亮眼睛，坚持原则，不能因贪图小便宜而酿成大错。

kǒng què yǔ hán yā
孔雀与寒鸦

名师导读

为了对付老鹰的袭击，鸟儿们决定选举鸟王保护大家。谁会成为鸟王呢？他能担当如此重任吗？在选举大会上究竟发生了什么事情呢？

zài shù lín shēn chù　　shēng huó zhe xǔ xǔ duō duō chī
在树林深处，生活着许许多多吃

cǎo zǐ　　xiǎo chóng zi hé yě guǒ de niǎo er　　tā men dà
草籽、小虫子和野果的鸟儿。他们大

duō xìng gé wēn shùn　　yīn cǐ jīng cháng zāo shòu zhuān chī ròu
多性格温顺，因此经常遭受专吃肉

lèi de yīng de xí jī
类的鹰的**袭击**。

zhè zhǒng wēi xié
这种**威胁**（随时会面临的危险）

ràng niǎo er men fēi cháng yōu lù　　tā men xiǎng　　yào
让鸟儿们非常忧虑，它们想，要

shì néng yǒu gè niǎo wáng bǎo hù dà jiā de ān quán jiù
是能有个鸟王保护大家的安全就

hǎo le
好了。

yú shì　　tā men kāi shǐ xuǎn niǎo wáng　　xuǎn lái
于是，他们开始选鸟王。选来

xuǎn qù　　dà jiā dōu rèn wéi zhǐ yǒu kǒng què yǔ máo yàn
选去，大家都认为只有孔雀羽毛艳

lì　　tǐ xíng yōu měi　　zuì piào liang　　zuì jù yǒu
丽，体形优美，最漂亮，最具有

niǎo wáng de qì zhì
鸟王的**气质**。

zhè tiān　　shù lín lǐ suǒ yǒu de niǎo er dōu jù jí zài yī qǐ　dāng
这天，树林里所有的鸟儿都聚集在一起。当
zhe dà jiā de miàn　yī zhī lǎo niǎo dà shēng shuō dào　　wǒ dài biǎo dà jiā xuān
着大家的面，一只老鸟大声说道："我代表大家宣
bù　kǒng què zuò wǒ men de niǎo wáng
布，孔雀做我们的鸟王。"

lǎo niǎo xuān bù wán　kǒng què lì kè zǒu dào yǎn jiǎng tái shàng　zhǔn bèi
老鸟**宣布**完，孔雀立刻走到演讲台上，准备
fā biǎo zì jǐ dāng niǎo wáng de gǎn xiǎng
发表自己当鸟王的感想。

　　wèi　qǐng děng yī xià　wǒ yǒu gè wèn tí yào qǐng jiào　　yī zhī
"喂！请等一下，我有个问题要请教。"一只
hán yā tū rán xiàng zhèng yào yǎn jiǎng de kǒng què hǎn dào
寒鸦突然向正要演讲的孔雀喊道。

　　qǐng wèn　　yào shì yīng gōng jī wǒ men　　nǐ yǒu shén me néng lì bǎo hù
"请问，要是鹰攻击我们，你有什么能力保护
wǒ men ne
我们呢？"

　　shì ya　kǒng què yǒu shén me néng lì bǎo hù dà jiā ne　lián kǒng què zì
是呀！孔雀有什么能力保护大家呢？连孔雀自
jǐ dōu bù zhī dào　　huì chǎng shàng suǒ yǒu de niǎo er dōu chén mò le
己都不知道。会场上所有的鸟儿都**沉默**了。

孔雀连自己怎么保护大家都不知道，又怎么能担当鸟王重任？可见要成为杰出人才，仅靠光鲜的外表和华丽的语言是不够的，要有真才实学才行。

wén zi yǔ shī zi
蚊子与狮子

名 师 导 读

蚊子不满狮子的蔑视，要向狮子挑战，结果真的打败了狮子，这是怎么回事呢？

yí gè xià rì de yè wǎn   yì zhī xióng zhuàng wēi měng de shī zi zhèng
一个夏日的夜晚，一只**雄壮威猛**的狮子正

zài shuì jiào   yì zhī wén zi wēng wēng de jiào zhe fēi dào shī zi shēn biān   rě de
在睡觉，一只蚊子嗡嗡地叫着飞到狮子身边，惹得

shī zi hěn xīn fán   shī zi fèn nù de shuō   miǎo xiǎo
狮子很心烦。狮子愤怒地说："**渺小**（指非常微小，无

de jiā huo   gǎn kuài lí wǒ yuǎn yī diǎn   dāng xīn wǒ shōu shi nǐ
关紧要）的家伙，赶快离我远一点，当心我**收拾**你。"

tīng le shī zi de huà   wén zi bú dàn méi yǒu hài pà   fǎn ér shuō   bié
听了狮子的话，蚊子不但没有害怕，反而说："别

看你外表比我强大，但我不怕你，别跟我耍威风。"

嗬！一只小蚊子竟敢向森林之王**挑战**？也太**猖狂**了！狮子于是和蚊子展开了**较量**。

蚊子瞅准机会，猛地冲到狮子脸上没毛的地方狠狠地叮了一下，狮子连忙用爪子抓自己的脸。接着，蚊子在狮子的脸上又接连叮了几下，狮子也用爪子在自己的脸上抓了好几下。结果，狮子不仅没抓到蚊子，反而把自己的脸抓破了。最后，狮子只好认输。

蚊子胜利了，他开心地在空中飞来飞去。突然，他一不小心撞到了蜘蛛网上，再也脱不了身了。蚊子痛苦地说："我虽然能战胜高大威猛的狮子，却逃不脱这薄如蝉翼的蜘蛛网，悲哀呀！"

鉴 赏 心 得

这个故事告诉我们，要善于利用自己的优势，同时不要得意忘形。

狗和屠夫

狗不满足于只吃带肉的骨头，他静静地站在肉店门口，希望屠夫能扔给自己一块肉，他的愿望能够实现吗？

有一只狗非常喜欢吃肉。只要闻到哪家做肉的香味儿，他就会**耐心**地站在这家门前**等待**，希望主人能把吃剩的骨头扔给自己一块。

一般情况下，好心的主人都会给狗扔一块带肉的骨头。

"要是能吃到没有骨头的肉就更好了。"狗怀着这种想法来到一家肉铺门前。他像以前一样站着，希望屠夫能扔给自己一块肉，而屠

116

fū pà tā tōu ròu　　zhǐ shì fáng fàn zhe gǒu
夫怕他偷肉，只是**防范**着狗。

gǒu yī zhí jìng jìng de zhàn zài mén kǒu　　wàng zhe guì tái shàng dà kuài de
狗一直静静地站在门口，望着柜台上大块的
xiān ròu　　zhí dào ròu pù dǎ yàng　　　　　gǒu yě méi dé dào yī
鲜肉。直到肉铺打烊（关门，收工），狗也没得到一
kuài ròu
块肉。

dì èr tiān　　gǒu yòu lái le　　dàn réng rán méi yǒu chī dào ròu　　bú
第二天，狗又来了，但仍然没有吃到肉。不
guò　　tú fū kàn dào gǒu yī zhí lǎo lǎo shí shí de zhàn zhe　　biàn xiāo chú le
过，屠夫看到狗一直老老实实地站着，便消除了
xiān qián de jiè bèi　　kāi shǐ zhuān xīn mài ròu
先前的**戒备**，开始专心卖肉。

zhè shí　　gǒu zháo jí le　　tā chèn tú fū bú zhù yì　　yī xià zi
这时，狗着急了。他趁屠夫不注意，一下子
tiào shàng guì tái　　diāo qǐ yī gè niú xīn jiù pǎo
跳上柜台，叼起一个牛心就跑。

tú fū fā xiàn hòu　　dà mà dào　　　nǐ zhè ge chù sheng　　tōu zǒu le
屠夫发现后，大骂道：“你这个畜生，偷走了
wǒ de niú xīn　　què bào lù le nǐ de zéi xīn　　wǒ yào bǎ zhè jiàn shì gào
我的牛心，却**暴露**了你的贼心！我要把这件事告
sù suǒ yǒu de rén
诉所有的人。”

zì cóng chī le niú xīn yǐ hòu　　gǒu zài yě dé bú dào rèn hé shī shě
自从吃了牛心以后，狗再也得不到任何**施舍**
de gǔ tou le
（以钱财或物品救济他人）的骨头了。

　　这个故事启发我们，良好的形象一旦损坏，就很难再赢得
别人的尊重。我们要在点滴的小事上严格要求自己。

shī zi hé mù yáng rén
狮子和牧羊人

名 师 导 读

　　猎人打猎的时候，惊吓到了国王，国王生气地命令侍卫将猎人绑到树林里喂狮子，可是狮子不但没有吃掉猎人，还帮他咬断了身上的绳子，这是为什么呢？

yī tiān　　　yī zhī shī zi zài shù lín xián guàng　　yī bù liú shén cǎi dào le
　　一天，一只狮子在树林闲逛，一不**留神**踩到了

yī gēn jiān jiān de mù cì
一根尖尖的木刺。

　　　āi yō　　zhēn dǎo méi　　　shī zi de shēn yín shēng yǐn lái le yī gè
　　"哎哟！真倒霉！"狮子的**呻吟**声引来了一个

liè rén　　shī zi xiǎng gǎn kuài táo　　kě tā nǎ lǐ pǎo de dòng a　　kàn lái jīn
猎人，狮子想赶快逃！可他哪里跑得动啊！看来今

tiān shì nán táo è yùn　　　　　　　　　　　　　　　　　le
天是难逃**厄运**（不幸的遭遇，苦难的运气）了。

　　　liè rén zǒu guò lái　　　fā xiàn shī zi shòu shāng le　　　bú dàn méi yǒu
　　猎人走过来，发现狮子受伤了，不但没有

jǔ qǐ liè qiāng　　　fǎn ér bāng shī zi bá diào le jiǎo shàng de mù cì
举起猎枪，反而帮狮子拔掉了脚上的木刺。

　　　nǐ zǒu ba　　　liè rén huī le huī shǒu
　　"你走吧！"猎人挥了挥手。

　　　rú guǒ yǒu jī huì　　wǒ yī dìng huì bào dá nǐ de　　shī zi hěn gǎn
　　"如果有机会，我一定会报答你的。"狮子很**感**

jī de huí dào le shù lín shēn chù
激地回到了树林深处。

　　　liè rén zài huí jiā de lù shàng　　fā xiàn le yī zhī láng　　tā jǔ qiāng jiù
　　猎人在回家的路上，发现了一只狼，他举枪就

打。没想到，嘭的一声枪响，把正在附近（近处，不远的地方）打猎的国王吓了一跳。国王一慌，从马上掉了下来，屁股摔得很疼。

"是谁那么大胆，在我的地盘开枪？快把他给我抓来！"国王气愤地吩咐侍卫。

听到吩咐后，国王的侍卫们马上将猎人抓了起来，并且诬告猎人故意恐吓国王。

国王十分愤怒，于是命令侍卫将猎人绑到树林里喂狮子。

猎人被扔进树林不久，被他救过的狮子出现了。狮子不仅没有伤害猎人，反而咬断猎人身上的绳子，放他走了。

119

xiè xie   liè rén zhèng tuō shēn shàng de shéng zi   shí fēn gǎn jī de

"谢谢。"猎人挣脱身上的绳子，十分感激地

shuō dào

说道。

zhēn shì yī gè hǎo rén   lián shī zi dōu bāng tā   zhàn zài yuǎn chù

"真是一个好人，连狮子都帮他。"站在远处

de guó wáng kàn dào zhè qíng jǐng   shí fēn gǎn dòng   jiù shè miǎn

的国王看到这情景，十分感动，就赦免（免除罪刑

le tā

和责罚）了他。

鉴赏心得

　　善有善报，猎人善良无私的帮助，最终得到了狮子的报答。在生活中，我们也要像猎人那样，多帮助别人，这样在我们遇到困难的时候，才会得到别人的帮助。

mǎ hé lú
马 和 驴

名 师 导 读

　　一匹浑身披挂着精美饰品的马，为自己华丽的外表自豪，并以此嘲讽和辱骂驴子。一场重病之后，他的命运发生了什么变化呢？

　　在乡下，有一匹浑身披挂着**精美**饰品的马经常走在乡间的小路上。马很为自己华丽的外表**自豪**。当然，这么漂亮的马也引起了许多人的关注。这下，马更加忘乎所以了。

　　一天，马走在小路上，迎面来了一头毛驴。在与驴还有很长一段**距离**的时候，马就大声说："毛驴，赶快让路，别让你的一身臭汗弄脏我美丽的饰物。"毛驴的身上驮满了货物，他摇摇晃晃，费了好大劲才给马让开了路。这时，马生气了，说："瞧你这笨样，要不是嫌你太脏，我早就把你踢到一边去了。"毛驴知道马很骄傲，**忍气吞**

<ruby>声<rt>shēng</rt></ruby><ruby>地<rt>de</rt></ruby><ruby>走<rt>zǒu</rt></ruby><ruby>了<rt>le</rt></ruby>。

<ruby>不<rt>bù</rt></ruby><ruby>久<rt>jiǔ</rt></ruby>，<ruby>马<rt>mǎ</rt></ruby><ruby>得<rt>dé</rt></ruby><ruby>病<rt>bìng</rt></ruby><ruby>了<rt>le</rt></ruby>，<ruby>病<rt>bìng</rt></ruby><ruby>得<rt>de</rt></ruby><ruby>很<rt>hěn</rt></ruby><ruby>重<rt>zhòng</rt></ruby>。<ruby>马<rt>mǎ</rt></ruby><ruby>的<rt>de</rt></ruby><ruby>主<rt>zhǔ</rt></ruby><ruby>人<rt>rén</rt></ruby><ruby>不<rt>bú</rt></ruby><ruby>再<rt>zài</rt></ruby><ruby>为<rt>wèi</rt></ruby><ruby>这<rt>zhè</rt></ruby><ruby>匹<rt>pǐ</rt></ruby><ruby>病<rt>bìng</rt></ruby><ruby>马<rt>mǎ</rt></ruby><ruby>打<rt>dǎ</rt></ruby><ruby>扮<rt>ban</rt></ruby><ruby>了<rt>le</rt></ruby>，<ruby>他<rt>tā</rt></ruby><ruby>将<rt>jiāng</rt></ruby><ruby>所<rt>suǒ</rt></ruby><ruby>有<rt>yǒu</rt></ruby><ruby>好<rt>hǎo</rt></ruby><ruby>看<rt>kàn</rt></ruby><ruby>的<rt>de</rt></ruby><ruby>饰<rt>shì</rt></ruby><ruby>物<rt>wù</rt></ruby><ruby>都<rt>dōu</rt></ruby><ruby>收<rt>shōu</rt></ruby><ruby>了<rt>le</rt></ruby><ruby>回<rt>huí</rt></ruby><ruby>去<rt>qù</rt></ruby>。<ruby>这<rt>zhè</rt></ruby><ruby>天<rt>tiān</rt></ruby>，<ruby>马<rt>mǎ</rt></ruby><ruby>正<rt>zhèng</rt></ruby><ruby>在<rt>zài</rt></ruby><ruby>路<rt>lù</rt></ruby><ruby>边<rt>biān</rt></ruby><ruby>咳<rt>ké</rt></ruby><ruby>嗽<rt>sou</rt></ruby>，<ruby>正<rt>zhèng</rt></ruby><ruby>好<rt>hǎo</rt></ruby><ruby>毛<rt>máo</rt></ruby><ruby>驴<rt>lú</rt></ruby><ruby>经<rt>jīng</rt></ruby><ruby>过<rt>guò</rt></ruby><ruby>这<rt>zhè</rt></ruby><ruby>里<rt>lǐ</rt></ruby>。<ruby>毛<rt>máo</rt></ruby><ruby>驴<rt>lú</rt></ruby><ruby>说<rt>shuō</rt></ruby>："<ruby>喂<rt>wèi</rt></ruby>，<ruby>骄<rt>jiāo</rt></ruby><ruby>傲<rt>ào</rt></ruby><ruby>的<rt>de</rt></ruby><ruby>马<rt>mǎ</rt></ruby>，<ruby>你<rt>nǐ</rt></ruby><ruby>的<rt>de</rt></ruby><ruby>饰<rt>shì</rt></ruby><ruby>物<rt>wù</rt></ruby><ruby>呢<rt>ne</rt></ruby>？<ruby>你<rt>nǐ</rt></ruby><ruby>从<rt>cóng</rt></ruby><ruby>前<rt>qián</rt></ruby><ruby>的<rt>de</rt></ruby><ruby>骄<rt>jiāo</rt></ruby><ruby>傲<rt>ào</rt></ruby><ruby>到<rt>dào</rt></ruby><ruby>哪<rt>nǎ</rt></ruby><ruby>里<rt>lǐ</rt></ruby><ruby>去<rt>qù</rt></ruby><ruby>了<rt>le</rt></ruby>？"<ruby>马<rt>mǎ</rt></ruby><ruby>哼<rt>hēng</rt></ruby><ruby>哼<rt>heng</rt></ruby><ruby>着<rt>zhe</rt></ruby>，<ruby>无<rt>wú</rt></ruby><ruby>言<rt>yán</rt></ruby><ruby>以<rt>yǐ</rt></ruby><ruby>对<rt>duì</rt></ruby>（没有理由

和话语来回应对方）。

 鉴赏心得

　　这则故事告诉我们，在得意时不狂妄自大、轻视别人，失意的时候才会有人同情。

顽皮的驴

wán pí de lǘ

名师导读

　　在观看马戏表演时，主人很喜欢猴子的高空钢丝舞蹈，这让驴子心生嫉妒，他决定回去之后也表演给主人看。驴子的表演能取得成功吗？

　　村子里来了一个马戏团，许多人都去观看马戏**表演**，驴子的主人也骑着驴子去看了。

　　驴子头一次看马戏，他和主人一样，高兴得不得了。驴子发现猴子的高空钢丝舞蹈很**精彩**（很出色，很好看，很吸引人），逗得主人哈哈大笑。

　　驴子很不**服气**，他想："哼！一只小猴子有什么了不起，他能做的，我也能，以后我也表演给主人看。"

　　马戏结束后，回到家里，驴子决定**实施**自己的计划。于是就趁主人回到屋里的工夫，费了好大劲爬上了屋顶，**模仿**猴子的样子跳起了舞蹈。

"昂——昂昂！"

lú zi yī biān tiào wǔ yī biān chàng
驴子一边跳舞，一边唱

zhe zì biān de lú zi zhī gē
着自编的《驴子之歌》。

méi xiǎng dào tiào wǔ
没想到跳舞

shí yī bú zhù yì lú zi
时一不注意，驴子

jiāng wǎ cǎi suì le zhǔ
将瓦踩碎了。主

rén fēi cháng shēng qì jí
人非常生气，急

máng pǎo chū wū zi jiāng
忙跑出屋子，将

lú zi gǎn le xià lái hái
驴子赶了下来，还

yòng bàng zi hěn hěn de dǎ
用棒子狠狠地打

le tā yī dùn
了他一顿。

lú zi yī biān duǒ shǎn yī biān kàng yì shuō píng shén me dǎ wǒ
驴子一边躲闪，一边抗议说："凭什么打我，

wǒ de wǔ dǎo méi yǒu hóu zi tiào de hǎo ma wǒ tiào wǔ bú yě shì xiǎng ràng
我的舞蹈没有猴子跳得好吗？我跳舞不也是想让

nǐ gāo xìng ma
你高兴吗？"

🎀 鉴赏心得

　　人在做事时一定要正视自己的条件，做适合自己的事，盲目模仿别人不会有好结果。再说，与猴子相比，驴子也有自己的优势，干吗非得模仿猴子取悦主人呢？

妄自尊大的狼
wàng zì zūn dà de láng

名 师 导 读

看到自己被落日的余晖拉长的影子，狼突然觉得自己非常强大，他决定向狮子挑战，争当原野的霸主。他能战胜狮子吗？等待他的将是怎样的命运呢？

黄昏时分，一只狼孤独地走在原野上。金色的晚霞笼罩（像笼子似的罩在上面）着大地，狼也沐浴在这奇妙的彩色世界里。

忽然，狼无意间看到自己被落日的余晖拉长的影子，很惊喜：这长长的影子是我的身体吗？原来我的身体是狮子的十倍呀。我以前怎么没有发现呢？这么说我才是原野上最威猛的动物。我才是百兽之王！

狼越想越兴奋，他决定去找狮子，他要替代狮子当原野的霸主。夜晚，天上的星星不停地眨着眼睛，狼趾高气扬地来到狮子的领地，大声喊道：

"狮子，赶快滚出你的地盘，从今天起，我就是原
野上的新大王。"

正要睡觉的狮子看到狼来**挑衅**，非常生气。
他张开大嘴就朝狼扑了过去。狼**勇敢**地迎战，可
是与狮子相比，他的身体那么弱小，怎么能**抵挡**
得住狮子的攻击呢？很快，狼就成了狮子的宵夜。

　　不自量力的狼向狮子挑战，这无异于以卵击石。他的教训
告诉我们：人一定要认清自己的实力，不要被不真实的表象所
迷惑，盲目自大的人是不会有好结果的。

shī zi yǔ pǔ luó mǐ xiū sī
狮子与普罗米修斯

名师导读

狮子害怕听到公鸡的叫声，由于无法战胜这种恐惧，他决定寻死。可当他遇到大象的时候，他突然改变了主意。他究竟看到了什么？他又是怎样想的呢？

jù shuō   shī zi tè bié hài pà gōng jī de jiào shēng suǒ yǐ   shī

据说，狮子特别害怕公鸡的叫声。所以，狮

zi shí cháng zé bèi pǔ luó mǐ xiū sī

子时常责备普罗米修斯。

yí cì   shī zi duì pǔ luó mǐ xiū sī shuō   zào wù zhǔ wa   jǐn

一次，狮子对普罗米修斯说："造物主哇，尽

管你把我们造得如此高大完美。给我锋利无比的牙齿和敏锐的爪子，使我打起仗来勇敢顽强，所向无敌（形容力量很强大，无往不胜）。可是，你却让我害怕公鸡的叫声，因此我一点都不感激你。"

普罗米修斯说："狮子，我已经把你造得尽善尽美，你也已经具备了做兽王的力量和本领。然而，你却要有所恐惧，那只能怪你的心灵太脆弱了。"

狮子听了很伤心，决心找个地方去寻死。路上，他碰到了一只大象，互相**攀谈**起来。说话间，他看见大象不停地在扇动着大耳朵。就奇怪地问道："唉，老兄，你这是怎么了？"

大象叹口气说："这都是为了赶走该死的蚊子，他们在我的头上转来转去，要是他们钻进我的耳朵里，那我就没命了！"

狮子听到了，暗自得意（心里暗暗地觉得高兴），心想：看到公鸡比蚊子强大多少，我就比大象幸福多少，那我还有必要寻死吗？

鉴赏心得

从力量上来说，公鸡根本不能对狮子构成威胁，恐惧是因为狮子的心灵太脆弱了。在很多时候，最强大的对手就是自己，只要战胜自己的恐惧和懦弱，就能所向无敌。

hú li hé pú tao
狐狸和葡萄

名 师 导 读

饥饿的狐狸站在葡萄架下，馋得直流口水，可是不管怎么努力，狐狸都够不着葡萄。灰心丧气的狐狸会怎么想呢？他接下来会怎么做呢？

yī zhī hú li è zhe dù zi zǒu dào yī gè pú tao jià xià　tā tái tóu
一只狐狸饿着肚子走到一个葡萄架下，他抬头

wǎng shàng yī kàn　hē　hǎo dà de pú tao chuàn　tā shēn chū shé tou tiǎn tian
往上一看，嗬！好大的葡萄串，他伸出舌头舔舔

zuǐ　kǒu shuǐ zhǐ bú zhù de liú le xià lái
嘴，口水**止不住**地流了下来。

hú li wǎng sì zhōu kàn le kàn　méi yǒu rén　tā jiù wǎng hòu tuì le
狐狸往四周看了看，没有人，他就往后退了

jǐ bù　duì zhe zuì dà de nà chuàn pú tao měng de wǎng shàng yī cuān　méi gòu
几步，对着最大的那串葡萄猛地往上一蹿，没够

zháo a
着啊！

tā xiē le yī huì er　huí dào yuán lái de dì fang chóng shì　zhè
他歇了一会儿，回到原来的地方重试。这

shí　guā lái yī zhèn fēng　yī piàn pú tao yè luò zài tā liǎn shàng
时，刮来一阵风，一片葡萄叶落在他脸上。

hú li shuǎi le shuǎi tóu　yòu kàn le kàn jià shàng de pú tao　xiàng
狐狸甩了甩头，又看了看架上的葡萄，向

hòu tuì le jǐ bù　shǐ chū jiǔ niú èr hǔ zhī lì（很费力才干成某
后退了几步，使出**九牛二虎之力**（很费力才干成某

měng de xiàng shàng cuān qù　zhǐ tīng jiàn　pēng　de yī shēng
件事），猛地向上蹿去，只听见"砰"的一声，

头撞在了木杆上，疼得他**直咧嘴**，还是没吃到
葡萄！

　　狐狸灰心丧气（因为失败或不顺而失去信心或勇气）
地趴在地上，看着葡萄，很轻蔑地说道："那
些葡萄都是生的，吃在嘴里肯定又酸又涩，难
吃极了！哼！这种葡萄，白给我我都不要！"
说着，他慢慢地站起来，低着头走了。

　　狐狸吃不着葡萄就说葡萄酸，既欺骗自己又欺骗别人。
我们要有宽广的胸襟，不能因为自己得不到某种东西，就
对其进行诋毁和贬低。

mì fēng hé mù rén
蜜蜂和牧人

名 师 导 读

　　牧人循着蜜蜂的踪迹，找到了蜂巢，看到近在眼前的蜂蜜，牧人心里乐开了花。他能得到甜甜的蜂蜜吗？

　　chūn tiān shì yī gè yě huā mǎn dì de jì jié yī gè zhèng zài shù
　　春天，是一个野花满地的季节，一个正在树
lín lǐ fàng niú de mù rén fā xiàn xǔ duō mì fēng cóng shēn biān fēi le guò qù
林里放牛的牧人发现许多蜜蜂从身边飞了过去。

　　mù rén xiǎng zhè me duō mì fēng zài fēi biǎo míng fēng cháo jiù zài fù
　　牧人想：这么多蜜蜂在飞，表明蜂巢就在附
jìn fēng cháo lǐ yī dìng chéng mǎn le fēng mì yào shì dài yī xiē huí jiā
近。蜂巢里一定盛满了蜂蜜。要是带一些回家，
gāi shì yī jiàn duō měi de shì ya
该是一件多美的事呀！

mù rén yuè xiǎng yuè gāo xìng
牧人越想越高兴。

tā xún zhe mì fēng fēi xíng de lù
他 循着 蜜蜂飞行的路

xiàn hěn kuài lái dào yī kē dà shù
线，很快来到一棵大树

xià wā shù shàng guǒ rán yǒu yī
下。哇！树上果然有一

gè dà dà de fēng cháo
个大大的蜂巢。

cǐ shí mù rén de yǎn jing lǐ zhǐ yǒu fēng cháo xīn lǐ zhuāng de dōu
此时，牧人的眼睛里只有蜂巢，心里装的都

shì tián tián de fēng mì gēn běn méi kǎo lù qí tā
是甜甜的蜂蜜，根本没 考虑 其他。

mù rén hěn kuài pá dào shù shàng fēng cháo jiù zài yǎn qián cǐ kè
牧人很快爬到树上，蜂巢就在眼前，此刻

tāo fēng mì jiǎn zhí jiù shì náng zhōng qǔ wù
掏蜂蜜简直就是 囊中取物（比喻很容易的就办成某件

zhèng dāng mù rén dé yì de shí hou fēng cháo lǐ tū rán fēi chū
事情）。正当牧人得意的时候，蜂巢里突然飞出

lái chéng bǎi zhī mì fēng jiāng mù rén tuán tuán de bāo wéi qǐ lái
来成百只蜜蜂，将牧人团团地包围起来。

zhè shí mù rén cái měng de cóng gāng cái de tān niàn zhōng xǐng guò lái
这时，牧人才猛地从刚才的贪念中醒过来。

à mì fēng zhè shì yào yòng dú cì zhē rén na yǐ bǎo wèi zì jǐ de jiā yuán
啊！蜜蜂这是要用毒刺蜇人哪，以保卫自己的家园

^{bú bèi qīn fàn}
不被**侵犯**。

^{mù rén xià de gǎn jǐn shuō}   ^{duì bù qǐ}   ^{wǒ yī diǎn er yě bù}
牧人吓得赶紧说："对不起，我一点儿也不

^{xiǎng pèng fēng cháo}   ^{qiú qiu nǐ men qiān wàn bié zhē wǒ}   ^{wǒ mǎ shàng lí kāi}
想碰蜂巢，求求你们千万别蜇我，我马上离开。"

^{mù rén xùn sù tiào xià shù}   ^{luò huāng ér táo}
牧人迅速跳下树，落荒而逃（形容吃了败仗慌

张逃走）。

鉴赏心得

　　牧人不但没有得到蜂蜜，反而狼狈不堪地落荒而逃。看来人不能心存贪婪，不能企图占有那些不属于自己的东西，否则是要付出沉重的代价的。

yǎng mì fēng de rén
养蜜蜂的人

小偷不仅偷走了蜂蜜，还顺手扔掉了养蜂人防蜇的手套和带网的帽子。这将给养蜂人带来怎样的麻烦？接下来会发生什么事情呢？

zài yī gè xiǎo shān cūn　　yǒu gè rén yǎng le xǔ duō mì fēng　　yī gè
在一个小山村，有个人养了许多蜜蜂。一个

zhù zài shān wài de zéi zhī dào zhè jiàn shì hòu　　jué dìng qù tōu fēng mì
住在山外的贼知道这件事后，决定去偷蜂蜜。

zhè tiān zhōng wǔ　　zéi qiāo qiāo lái dào yǎng fēng rén
这天中午，贼悄悄来到养蜂人

de jiā mén kǒu　　cǐ shí yǎng mì fēng de rén zhèng zài shuì wǔ
的家门口。此时养蜜蜂的人正在睡午

jiào　　tā de hān shēng bèi zéi tīng dào le　　zéi dǎ suàn lì
觉，他的鼾声被贼听到了，贼打算立

kè dòng shǒu
刻动手。

zéi dài shàng yǎng
贼戴上养

fēng rén fáng zhē
蜂人防蜇（防止

de
被蜜蜂蜇伤）的

shǒu tào hé dài wǎng de
手套和带网的

mào zi　　qiāo qiāo de
帽子，悄悄地

打开蜂箱，开始偷蜂蜜。

不一会儿，几箱蜂蜜就被贼偷光了。临

走的时候，这个坏心眼的贼还把养蜂人的手套

和帽子远远地扔到了一边。

贼刚走，养蜂人就睡醒了。他起身来到外面

一看：不好，蜂箱怎么都被打开了？

养蜂人一着急，顾不上寻找被贼扔掉的帽

子和手套，光着头就跑了过去，想看个究竟。

这时，所有的蜜蜂全体出动，将养蜂人团团围住。一时间，养蜂人被蜜蜂用毒针蜇得嗷嗷直叫。

"哎呀！你们不去找偷蜜的贼，反而来蜇保护你们的人。你们怎么不知好歹（不分好坏，多指不能够领会别人的好意）呀！"可蜜蜂好像没听见似的，继续蜇养蜂人。

鉴赏心得

蜜蜂没有区分朋友和敌人的能力，也难怪他们会对养蜂人痛下杀手。这件事情告诉我们，与人交往时，一定要分清敌友，也要提防被别有用心的人挑拨和利用。

年轻的浪子与燕子

伊索寓言

名师导读

一个穷困潦倒的富家子弟，受尽饥寒，他盼望春天早日到来，这样就可以卖掉仅有的棉衣继续挥霍。等待他的将是怎样的命运呢？

一个寒冷的冬天，有个年轻人在一间没有生火的房间里瑟缩（身体因为寒冷、受惊等而蜷缩、抖动）着，他多么期盼春天早点来呀。

这个年轻人原本是个富裕人家的孩子，可是自从父母相继离世后，年轻人觉得摆脱了束缚，开始为所欲为（想干什么就干什么，多指干不好的事），整天不务正业，只顾吃喝玩乐。

没过多久，家里的财产就被挥霍（任意花钱）一空，甚至连衣服都卖掉换钱花了。现在只能靠唯一的一件衣服遮体御寒了。他成了一个年轻的浪子。

这天，年轻的浪子躲在一个避风的角落里晒太阳。忽然，他看到一只燕子正在天空飞翔。

"燕子都飞回来了，一定是春天到了！"年轻的浪子说。"太好了，春天来了，这件御寒的衣服终于可以拿去卖钱了。"

浪子很快卖掉了衣服，用可怜的几个钱继续挥霍着。

到了夜里，一阵寒风袭来，浪子无处藏身。这时，浪子又看到了那只燕子，不过，他已经快被冻死了。

浪子后悔地对燕子说道："我太**轻信**你了，原来你是一个等不及春天就早早地飞回来的燕子呀。"

如果一个人不务正业，只顾吃喝玩乐，最后就会让自己陷入穷困潦倒的地步。狼狈不堪的富家子弟，不但不反思自己的错误，还把责任推到别人身上，实在可笑。

liǎng gè shì bīng hé qiáng dào
两个士兵和强盗

名 师 导 读

　　两个士兵遭遇了强盗，其中一个奋起抵抗，而另一个却躲了起来，直到战友打败了所有强盗，他才敢出来。这个贪生怕死的士兵，该怎样收场呢？

yī gè yuè yè　　liǎng gè shì bīng zhèng zài zhí xíng rèn wu　　tā men qí
　　一个月夜，两个士兵正在执行任务。他们骑
zhe zhàn mǎ zài shān gǔ lǐ bēn chí（很快地跑）　　　hū rán　　shān gǔ lǐ cuān
着战马在山谷里奔驰（很快地跑）。忽然，山谷里蹿
chū shí jǐ gè qiáng dào　　lán zhù le shì bīng de qù lù　　　wèi　　dāng bīng de
出十几个强盗，拦住了士兵的去路。"喂！当兵的，
liú xià zhàn mǎ hé shēn shàng de cái wù　　qiáng dào tóu zi shuō
留下战马和身上的财物。"强盗头子说。

142

其中一个士兵说："我们为了保卫国家的安全，正在执行任务。你们却在打劫，败类！"说着，这个勇敢的士兵抽出利剑，和这群强盗打了起来。而另一个士兵却麻利地躲了起来。经过一阵厮杀，那个勇敢的士兵竟然把强盗头子杀了，还杀了几个强盗。剩下的强盗一看情形不好，全都溜了。

看到强盗败了，那个躲起来的士兵立刻冲了出来。他抽出利剑，在强盗头子的身上挥舞着说："你们这些强盗，也不看看我们是谁，我要给你们一个教训（教育，训诫）。"这时，那个勇敢的士兵说："行了，收起你那些废话吧，你逃跑的速度可比你的勇气大多了。"

鉴赏心得

当战友与强盗厮杀的时候，这个贪生怕死的士兵躲了起来；强盗被打败之后，他又跳出来抢功劳。这样虚伪丑陋的表演，真令人厌恶。

xiōng mèi
兄妹

哥哥生得英俊漂亮，他常为此感到得意；妹妹长得比较难看，她常为此感到自卑。但老人的一席话，却让他们变得从容平静，老人到底和他们说了什么？

有一位老人，生有一儿一女。儿子英俊漂亮，是邻居们经常谈论的对象。女儿也很惹人注目（形容很容易引起别人的注意）。不过，大家在谈论这个女儿的时候，总是说："这个姑娘长得真难看。"

这样的情况，也时常在老人家里发生。

一天，儿子正在照镜子**欣赏**自己的容貌。这时，女儿恰巧从房间里走了出来。哥哥马上拽着妹妹的胳膊说："妹妹，来，你也过来欣赏一下我的容貌吧。"这分明是在**嘲弄**妹妹的长相啊！妹妹非常生气！她找到老人**诉苦**说："哥哥是个男人，却拥有本来属于女人的容貌，这太不公平了。"

听了女儿的话，老人把儿子叫到身边，说："一个外表漂亮的人，如果隐藏着一颗虚荣的心，那么，他的本质就是丑陋的。如果只是相貌丑陋，内心却充满**宽容**和**仁爱**（能同情、爱护和帮助人），那么，他就是美丽的。"

哥哥和妹妹记住了老人的话，从此，他们再也不为自己的外表感到骄傲或自卑了。

鉴赏心得

老人意味深长的话语使我们明白：真正的美丽来自于心灵，而不在于外表。

老鼠和公牛

受了老鼠惊吓的公牛，把老鼠摔得头昏脑胀，老鼠狠狠地咬了他一口，愤怒的公牛决定报复老鼠。强壮的公牛，最终能制服弱小的老鼠吗？

一天，一头公牛正在悠闲地吃草。忽然，一只小老鼠从草料堆里钻了出来，平时傲气十足的公牛被吓了一跳。公牛很不高兴，用嘴巴一拱，把老鼠甩到了牛棚旁边的墙上。老鼠被摔得头昏脑胀（头发昏脑发胀，不清醒）。

老鼠缓了缓神趁公牛没注意，猛地蹿过去，在公牛的腿上狠狠地咬了一口。

公牛疼得直跺脚，可还没反应过来，老鼠就迅速跑回墙角的洞里去了。公牛气急败坏地去撞墙，发誓一定要把老鼠从洞里揪出来。

可公牛费了九牛二虎之力，也没撞倒墙，反

而把自己累得够呛。公牛决定放

弃**报复**的念头，他精疲力竭（精神非常疲劳，体力消

耗已尽，形容极度疲乏）地躺在墙边睡着了。

这时，老鼠悄悄地跑出洞，在公牛的肚皮上

又狠狠地咬了一口，公牛疼醒了。当他发现正从

洞口往外看的老鼠时，明白了。该怎么办呢？公牛

揉着自己的肚皮无计可施了。

最后，公牛主动和老鼠讲和了。从此，他再也

没受到老鼠的骚扰（不安宁，扰乱）。

 鉴赏心得

　　这个故事告诉我们：无论多么微不足道的人，都有自己独特的长处，仗势欺人是不会有好结果的。

147

蚯蚓和蟒蛇
qiū yǐn hé mǎng shé

名 师 导 读

　　蚯蚓羡慕蟒蛇修长、优美的身材，于是决定通过实际行动，改变自己的体型。蚯蚓会想出怎样的办法呢？他的身体能变得像蟒蛇一样修长、优美吗？

　　一场蒙蒙细雨过后，空气异常**清新**，地面上的草更绿了，花更鲜艳了，就连喝饱了水的土壤也变得很松软。

　　真是难得的好天气，一只蚯蚓从土里钻出来散步，一边爬，一边**东张西望**地欣赏地面的景色。

　　咦，前面那是什么？蚯蚓的眼前出现了一个**色彩斑斓**（灿烂多彩）的家伙。

　　蚯蚓向前爬了爬，他看清楚了。哦！原来是一条长着鲜艳**纹理**的蟒蛇。

　　蚯蚓被蟒蛇的体态吸引住了。他在心里由

^{zhōng}衷地赞美着:"^à啊,^{mǎng shé xiū cháng yún chèn de shēn tǐ}蟒蛇修长匀称的身体真^{zhēn}
^{měi}美!^{yào shì zì jǐ de shēn tǐ yě néng xiàng mǎng shé nà yàng dà}要是自己的身体也能像蟒蛇那样大,^{nà}那
^{yàng yōu měi jiù hǎo le}样优美就好了。"

　　^{qiū yǐn huí tóu kàn le kàn zì jǐ de shēn tǐ}蚯蚓回头看了看自己的身体,^{suī rán xíng zhuàng chà bù}虽然形状差不

149

多，但颜色黯淡，身材细小，怎么也不如蟒蛇的身体匀称（均匀，比例和谐）优美。何况，人家蟒蛇的身体多长啊。

蚯蚓希望自己也能长成蟒蛇那样。于是，他开始拉长自己的身体。

拉！尽量让自己的身体伸展开来。继续、使劲……

只听"叭"的一声，蚯蚓的身体断成了两截。

鉴赏心得

我们在看到别人优点的同时，也要意识到自己的优势。盲目地崇拜、羡慕并模仿别人，不考虑自己的实际情况，往往会失去自我。

rén hé guō guo
人和蝈蝈

名 师 导 读

一位农民在田地里捉蝗虫时，发现了一只正在鸣叫的蝈蝈。蝈蝈会危害农民的庄稼吗？正在气头上的农民，肯放蝈蝈一条生路吗？

jìn lái　　yóu yú tiān hàn　　cūn lǐ nào qǐ le huáng zāi　　yī gè nóng
近来，由于天旱，村里闹起了蝗灾，一个农

mín xīn qíng hěn bù hǎo　　tā měi tiān dōu bù de bù zài tián lǐ zhuō huáng chóng
民心情很不好，他每天都**不得不**在田里捉蝗虫。

zhè xiē gāi sǐ de huáng chóng　　bǎ hǎo hāo er de zhuāng jia chī de
"这些该死的蝗虫，把好好儿的庄稼吃得

luàn qī bā zāo de　　nóng mín yī biān zhuō huáng chóng　　yī biān dū nang zhe
乱七八糟的。"农民一边捉蝗虫，一边嘟囔着。

jǐn guǎn nóng mín fèi le bù shǎo lì qi　　dàn huáng chóng què
尽管农民费了不少力气，但蝗虫却

yī diǎn er yě bú jiàn shǎo　　tā men bú duàn de fēi
一点儿也不见少。他们不断地飞

lái　　dà kǒu dà kǒu de tūn shì　（速度很
来，大口大口地吞噬（速度很

快地吞吃）nèn lǜ de zhuāng jia　　zhè
快地吞吃）嫩绿的庄稼。这

shí　　nóng mín hū rán fā xiàn yī zhī
时，农民忽然发现一只

guō guo zhèng zài zhuāng jia shàng
蝈蝈正在庄稼上

míng jiào
鸣叫。

“你来这里干什么？一定和蝗虫是一伙的。”

农民一把抓住了蝈蝈。

“你为什么要抓我？”蝈蝈大声质问。

“因为你和蝗虫一样有害。”农民说。

“不，我和蝗虫不一样，我既不吃庄稼，也不破坏树木，我只喜欢唱歌。而且，许多人都很喜欢我的歌声。”蝈蝈理直气壮（理由充分，因而说话做事有气势或心里无愧，无所畏惧）地说。

是呀！自己有什么理由抓一个与蝗虫无关的蝈蝈呢？农民松开了紧握的手。

原野上，蝈蝈的歌声又响了起来。

鉴赏心得

通过一番盘问，农民知道蝈蝈没有危害庄稼，于是放了他一条生路。我们在做事的时候，也要像故事中的农民那样，弄清楚事情的来龙去脉后再做决定，千万不可鲁莽。

xiǎo hái yǔ lì zi
小孩与栗子

名师导读

一个小孩想吃瓶子里的栗子，可他张开小手抓住两个栗子时，却无论如何也无法把手从瓶子里抽出来了，这到底是怎么回事儿呢？

yī gè xiǎo hái zài jiā lǐ wán de shí hou   fā xiàn le yī gè zhuāng mǎn
一个小孩在家里玩的时候，发现了一个装满

lì zi de bō li píng   tā liú zhe kǒu shuǐ shuō   duō hǎo chī de lì zi
栗子的玻璃瓶。她流着口水说："多好吃的栗子

呀！"

小孩顺着小小的瓶口，把手伸到瓶子里。

"啊！终于可以吃到栗子啦！"

小孩很快从瓶子里拿出一个栗子。咬开栗子

皮，吃上了香甜可口（符合口味，很好吃）的栗子肉。

"太好吃啦！"小孩又把手伸到玻璃瓶子里。

这次她要拿出两个栗子。

"要是能连续吃两个栗子，那感觉一定更好。"

可是，当小孩张开小手抓住两个栗子时，却

无论如何也无法把手从瓶子里抽出来了。哎哟！

zhè kě jí sǐ rén le xiǎo hái yuè zháo jí shǒu jiù yuè ná bù chū xiǎo hái
这可急死人了！小孩越着急，手就越拿不出。小孩

jí de wā wā dà kū qǐ lái
急得哇哇大哭起来。

tīng dào kū shēng xiǎo hái de bà ba pǎo le guò lái tā kàn dào xiǎo hái
听到哭声，小孩的爸爸跑了过来。她看到小孩

de yàng zi rěn bu zhù xiào le qǐ lái shuō shǎ hái zi zhè ge píng
的样子，忍不住笑了起来，说："傻孩子，这个瓶

kǒu tài xiǎo xiǎng yào yī cì ná chū liǎng gè lì zi shì bù kě néng de
口太小，想要一次拿出两个栗子是不可能的。"

tīng le bà ba de huà xiǎo hái fàng diào le yī gè lì zi tā de shǒu
听了爸爸的话，小孩放掉了一个栗子。她的手

hěn shùn lì de cóng píng zi lǐ chōu le chū lái yòu kě yǐ chī dào lì zi le
很顺利地从瓶子里抽了出来，又可以吃到栗子了。

鉴赏心得

　　由于瓶口太小，每次最多只能拿出一个栗子，贪多的话，
就会被卡在里面。这则寓言启发我们：在追求物质享受的时候，
要懂得满足，过分的贪婪往往什么也得不到。

nóng fū jiào yù yì xīn de hái zi men
农夫教育异心的孩子们

名 师 导 读

农夫的四个儿子经常吵得天翻地覆，任凭父亲怎样规劝都无济于事。后来父亲按照智者的办法，使四个儿子能够和睦相处了。智者到底有什么绝妙的办法呢？

cūn lǐ zhù zhe yī gè nóng fū　tā yǒu sì gè ér zi　zhè sì gè
村里住着一个农夫，他有四个儿子。这四个
hái zi zhī jiān yī diǎn er yě bù yǒu ài　jīng cháng zhēng chǎo　měi dāng chǎo de
孩子之间一点儿也不友爱，经常争吵。每当吵得
tiān fān dì fù
天翻地覆（形容闹得很凶）时，便一齐来找父亲评理。
fù qīn jué de hěn wéi nán　pī píng shuí dōu bù hé shì　pī píng le zhè ge
父亲觉得很为难，批评谁都不合适：批评了这个，
nà ge bù gāo xìng　pī píng le nà ge　zhè ge yòu bù gāo xìng　tā zhǐ hǎo
那个不高兴；批评了那个，这个又不高兴，他只好
kǔ kǒu pó xīn de quàn tā men hé jiě　rán ér　bù guǎn fù qīn rú hé guī
苦口婆心地劝他们和解。然而，不管父亲如何规
quàn　dōu wú jì yú shì　nóng fū wèi cǐ shēn gǎn kǔ nǎo
劝，都无济于事。农夫为此深感苦恼。
yī tiān　cūn lǐ de yī wèi zhì zhě gěi tā chū le yī gè zhǔ yi　zhè
一天，村里的一位智者给他出了一个主意。这
tiān　nóng fū bǎ sì gè ér zi jiào dào shēn biān　rán hòu ràng tā men ná lái liǎng
天，农夫把四个儿子叫到身边，然后让他们拿来两
kǔn mù bàng　mù bàng ná lái hòu　tā xiān jiě kāi qí zhōng yī kǔn　fā gěi
捆木棒。木棒拿来后，他先解开其中一捆，发给
sì gè ér zi měi rén yī gēn　ràng tā men bǎ tā zhé duàn　sì gè ér zi bú
四个儿子每人一根，让他们把它折断。四个儿子不

fèi chuī huī zhī lì jiù zhé duàn le mù bàng nóng fū yòu ná chū lìng wài yī zhěng
费吹灰之力就折断了木棒。农夫又拿出另外一整

kǔn mù bàng ràng tā men zhé sì gè ér zi lún liú
捆木棒，让他们折。四个儿子轮流（按照次序一个接

cháng shì jié guǒ fèi le jiǔ niú èr hǔ zhī lì yě méi néng bǎ
一个进行）尝试，结果费了九牛二虎之力，也没能把

zhěng kǔn mù bàng zhé duàn zhè shí nóng fū shuō hái zi men nǐ men zhī
整捆木棒折断。这时，农夫说："孩子们，你们知

dào zhè shì wèi shén me ma ér zi men dōu jīng yà de yáo yao tóu yīn
道这是为什么吗？"儿子们都惊讶地摇摇头。"因

为团结的力量是无穷的，你们如果像这些木棒一样，团结一致、**齐心协力**，就不会被困难**征服**；可如果你们互相争斗不休，就很容易被各个击破！"

四个儿子互相望了望，若有所思（好像在思考着什么）地点了点头。从此，农夫的儿子们相处得**和睦**起来，遇到困难也懂得相互帮助了。

团结的力量是无穷的，只要团结一致、齐心协力，就不会被困难征服；可如果互相争斗不休，就很容易被各个击破。在与他人交往的时候，我们要牢牢记住这个道理。

口渴的鸽子

一只口渴难耐的鸽子，飞到一座城镇找水喝。远远地，他发现一扇打开的窗户里有一瓶清水。鸽子能够喝到瓶子里的清水吗？

一只鸽子在飞越了好几座山后，累得**头昏眼花**，口渴难耐。

"到哪儿能找点水喝呢？"鸽子一边飞一边想。不巧的是，鸽子飞越的地区此时恰逢（恰好碰上）干旱，地面上很难见到河流或小溪的影子。鸽子只得**强忍**饥渴，**继续**向前飞着。

飞着飞着，前方出现了一座城镇。鸽子想：城镇是人居住的地方，那里一定有水。鸽子于是**挣扎**着向城镇飞去。

刚进城镇不久，鸽子就发现一扇打开的窗户里有一瓶清水。终于找到水了，终于找到水了！鸽

zi bú gù yī qiè de fēi xiàng nà píng qīng shuǐ
子**不顾一切**地飞向那瓶清水。

gē zi dào zuì hòu hē dào shuǐ le ma　　méi yǒu
鸽子到最后喝到水了吗？没有，

dāng tā fēi dào píng zi miàn qián de shí hou　　jìng yī xià zhuàng
当他飞到瓶子面前的时候，竟一下撞

dào le yī kuài mù bǎn shàng　　zhè shí　　gē zi cái míng bai guò lái　　yuán lái
到了一块木板上。这时，鸽子才明白过来：原来

tā kàn dào de qí shí shì yī fú huà shàng de shuǐ píng　　gē zi bèi zhuàng de
他看到的其实是一幅画上的水瓶。鸽子被撞得

hún shēn téng tòng　　zuò zài chuāng tái shàng kǔ xiào zhe shuō　　wèi le yī kǒu qīng
浑身疼痛，坐在窗台上苦笑着说："为了一口清

shuǐ　　wǒ jìng rán wàng jì le biàn bié　　　　　　　　　　　　shì wù
水，我竟然忘记了辨别（判断事物的区别与不同）事物

de zhēn jiǎ　　tài kě xiào le
的真假。太可笑了。"

 鉴赏心得

　　鸽子的教训告诉我们，在强大的物质诱惑面前，人往往会失去理性，影响了辨别真假的能力，从而对形势做出错误的判断，并引发灾难性的后果。

shān yáng yǔ mù yáng rén
山羊与牧羊人

名师导读

一只总是掉队的山羊，让牧羊人感到非常生气。他捡起石块扔过去，不料却砸断了羊的犄角。闯了大祸的牧羊人，该怎样处理此事呢？

huáng hūn shí fēn，yú huī（太阳快要落山时的光芒）bǎ zhěng
黄昏时分，余晖（太阳快要落山时的光芒）把整

gè shì jiè dōu rǎn chéng le hóng sè。 tiān kōng shì hóng sè de， cūn zhuāng shì hóng
个世界都染成了红色。天空是红色的，村庄是红

sè de。 hé shuǐ hóng le、 cǎo dì hóng le， bái sè de yáng er yě pī shàng
色的。河水红了、草地红了，白色的羊儿也披上

le hóng hóng de yáng máo wài tào
了红红的羊毛外套。

huí jiā lou mù yáng rén kāi
"回家喽！"牧羊人开

shǐ zhǐ huī yáng qún huí yáng juàn
始指挥羊群回羊圈。

唉，怎么有一只羊落在了后面？牧羊人向这只羊走近几步，他看清楚了：这只羊还在吃东西。

"喂！快走！"牧羊人冲那只羊喊了一句，又去指挥（发令调度）其他羊了。除了这只吃东西的羊外，其他羊都回到羊圈了。牧羊人很生气，说："你这羊，只顾自己吃东西，有没有想到我也该吃晚饭了。"牧羊人越说越气愤，伸手捡起一块石头朝这只羊扔了过去。

这下惹祸了，牧羊人扔的石头打折了羊的一只犄角。牧羊人很后悔，他赶忙走到羊的面前说："羊啊，请你别把这件事告诉主人。"羊晃了晃已经折断犄角的头说："我可以不说，可这断犄角却隐瞒（掩盖真相，不让人知道）不了哇！"听了羊的话，牧羊人想了想，向羊的主人承认了错误。

鉴赏心得

牧羊人勇敢承认错误的做法值得我们学习，他的诚实和勇敢，一定会赢得主人的原谅。

162

断尾巴的狐狸
duàn wěi ba de hú li

名师导读

狐狸偷鸡时被捕兽夹子夹住了，虽然后来侥幸逃脱，但尾巴却被夹断了。为了不让同伴们笑话自己，他会想出怎样的办法呢？他的目的能够达到吗？

"今天，我必须吃一只鸡。"一只**饥饿**的狐狸一边**自言自语**（自己跟自己说话，或者一个人小声嘀咕），一边向一个农庄走去。

这个时候，大地正笼罩在一片**朦胧**的月光之中。

进了农庄，狐狸一眼就看到了鸡舍，馋得直流口水，不顾一切地向鸡舍冲去。眼看就要到跟前了，只听"啪"的一声，狐狸感觉一阵**剧痛**，原来，他的尾巴被捕兽夹子夹住了。

这时，农庄里有人出来了。

狐狸想：我得赶快逃！他使劲挣扎，疼得

差点儿晕过去，终于，狐狸挣脱了夹子，逃到了
山上。

终于安全了，狐狸感到很疲惫（非常疲乏），他
刚想休息一会儿，回头一看，才发现自己的尾巴刚
才被挣断了。

没想到，自己竟然成了一只没有尾巴的狐狸，

tài diū rén le　　kě shì　　yào shì shān shàng de hú li dōu méi yǒu wěi ba　　nà
太丢人了。可是，要是山上的狐狸都没有尾巴，那

zì jǐ bú jiù bù diū rén le ma　　hú li xiǎng chū le yī gè huài zhǔ yi
自己不就不丢人了吗？狐狸想出了一个坏主意。

chèn zhe tiān hái méi liàng　　hú li bǎ shān shang suǒ yǒu de hú li dōu zhǎo
趁着天还没亮，狐狸把山上所有的狐狸都找

lái le　　duì tā men shuō　　wǒ men de wěi ba méi yǒu shén me yòng chù　　yǐ
来了，对他们说："我们的尾巴没有什么用处，以

hòu　　dà jiā dōu bié yào wěi ba le
后，大家都别要尾巴了。"

zhè shí　　tiān jiàn jiàn liàng le　　yī zhī hú li kàn qīng zhè zhī hú li de
这时，天渐渐亮了。一只狐狸看清这只狐狸的

wěi ba méi yǒu le　　jiù shuō　　wǒ míng bai nǐ wèi shén me quàn wǒ men bú yào
尾巴没有了，就说："我明白你为什么劝我们不要

wěi ba le
尾巴了。"

qí tā hú li nòng qīng zhēn xiàng　　　　　　　　　　hòu　　dōu dà
其他狐狸弄清真相（事情的真实情况）后，都大

xiào zhe zǒu le
笑着走了。

鉴赏心得

　　世界上总有一种人，当他们倒霉的时候，总希望别人也不好过。故事中的狐狸就是其中的典型代表，这种损人不利己的狭隘做法，只会让自己更加孤立。

yuè liang hé tā de mā ma
月亮和她的妈妈

看到姑娘华丽的斗篷，月亮心里非常羡慕，想让妈妈给自己做一件斗篷。听了孩子的要求，月亮妈妈为何很为难？她能帮助月亮实现愿望吗？

tài yáng luò shān hòu　　qíng lǎng de yè kōng zhōng　　yuè liang zǒng shì jìng jìng
太阳落山后，晴朗的夜空中，月亮总是静静

de fǔ kàn　　　　　　　　　　zhe dì miàn　kàn zì jǐ de guāng máng zhào yào
地俯瞰（从高处往下看）着地面：看自己的光芒照耀

166

下起伏的山峦和大地，看茂密（茂盛而繁密）的植物和流淌的河水，看夜色中的点点灯火，看在夜路上行走的路人……

一天，月亮看到一个美丽的姑娘正穿着一件华丽的斗篷跳舞。那件斗篷在姑娘舞姿的衬托下显得那样的华美、漂亮。

"我要是也有一件漂亮的斗篷多好哇！"月亮忽然产生了这样一个想法。到了白天，月亮去找自己的妈妈。

"孩子，你也想要一件斗篷？"妈妈听了

yuè liang de huà hòu gǎn dào hěn wéi nán
月亮的话后感到很为难（难以应付）。

tā xiǎng le xiǎng　　　duì yuè liang shuō　　　hái zi　　nǐ kàn kan zì jǐ
她想了想，对月亮说："孩子，你看看自己，

měi gè yuè dōu yào cóng xīn yuè dào mǎn yuè　　zhōng jiān gèng duō de shí jiān lǐ
每个月都要从新月到满月，中间更多的时间里，

jì bú shì xīn yuè yòu bú shì mǎn yuè　　　mā ma yǒng yuǎn yě bù néng wèi nǐ zuò
既不是新月又不是满月，妈妈永远也不能为你做

chū yī jiàn hé shēn de dǒu peng
出一件合身的斗篷。"

tīng le mā ma de huà　　yuè liang tàn le kǒu qì　　jiù dǎ xiāo le zhè ge
听了妈妈的话，月亮叹了口气，就打消了这个

niàn tou
念头。

鉴赏心得

　　月亮的要求让妈妈感到为难，因为他的身材是不断变化的。这个故事启发我们：适合别人的东西不一定适合自己，我们做事时一定要具体问题具体分析。

伊索寓言

小蟹和母蟹
xiǎo xiè hé mǔ xiè

名 师 导 读

母蟹带着小蟹去见世面，希望能把小蟹培养得非常优秀。在沙滩上，她提出了一个小蟹永远都无法做到的要求，这个要求是什么呢？

在一望无际（一眼望不到边，形容非常辽阔）的大海里，住着一只小蟹和他的妈妈。他们每天都生活在一起，母蟹希望能把小蟹培养得非常**优秀**。

一天，趁大海落潮，母蟹带着小蟹爬到海滩上，想让小蟹见见世面。

"看，那边高高低低的东西是人类居住的房子。"母蟹指着远

169

chù de cūn zi shuō
处的村子说。

hǎo piào liang de fáng zi a xiǎo xiè rěn bú zhù dà shēng zàn měi dào
"好漂亮的房子啊。"小蟹忍不住大声赞美道。

kàn nà er de dōng xi jiào dà shù mǔ xiè zhǐ zhe àn biān de shù
"看，那儿的东西叫大树。"母蟹指着岸边的树

cóng shuō
丛说。

bǐ hǎi lǐ de hǎi dài hái hǎo kàn ne xiǎo xiè yòu zàn tàn de
"比海里的海带还好看呢。"小蟹又赞叹的

shuō dào
说道。

hū rán yī gè xiǎo hái cóng shā tān de lìng yī biān pǎo guò lái xiǎo xiè
忽然，一个小孩从沙滩的另一边跑过来，小蟹

mǎ shàng wèn mā ma nà shì shén me
马上问："妈妈，那是什么？"

mǔ xiè shuō ò
母蟹说："哦！

nà jiù shì rén lèi shì yī gè
那就是人类，是一个

xiǎo hái zài pǎo bù
小孩在跑步。"

tā pǎo de yàng zi zhēn hǎo kàn
"他跑的样子真好看。"小蟹由衷（出于本心）地
zàn tàn dào
赞叹道。

shuō wán zhī hòu xiǎo xiè yě rěn bú zhù kuài sù de héng zhe pá le
说完之后，小蟹也忍不住快速地横着爬了
qǐ lái
起来。

mǔ xiè duì xiǎo xiè de dòng zuò hěn bù mǎn yì tā shuō hái zi
母蟹对小蟹的动作很不满意，她说："孩子，
nǐ jiù bù néng zhí zhe zǒu lù ma héng zhe zǒu lù duō nán kàn na
你就不能直着走路吗？横着走路多难看哪！"

xiǎo xiè kàn le kàn yǐ jīng pǎo yuǎn de xiǎo hái biàn wèn mǔ xiè gāi
小蟹看了看已经跑远的小孩，便问母蟹："该
zěn yàng cái néng zhí zhe zǒu ne mā ma nǐ lái jiāo jiao wǒ ba
怎样才能直着走呢？妈妈，你来教教我吧。"

mǔ xiè dùn shí yǎ kǒu wú yán
母蟹顿时哑口无言（没有话应答了，一句话也说不
le
出来）了。

鉴赏心得

　　螃蟹生来就是横着走的，母蟹要求小蟹直着走是违背天性的。我们无论做什么事情，都要认真考虑自身的实际情况，不要做超越自身能力范围的不切实际的事。

一只眼睛的鹿

鹿失去一只眼睛后，只能从一个方向观察事物，为了防止猎人从受伤眼睛的方向偷袭，他会想出怎样绝妙的办法呢？这个办法能够有效防止猎人的偷袭吗？

一只鹿在一次**意外**事故中失去了一只眼睛。

这真是一件非常不幸的事。鹿想：平时我总是用两只眼睛**分别**观察左右两边的事物，现在少了一只，就不太容易发现猎人了。要是猎人从受伤的眼睛这个方向偷袭（趁别人不注意的时候偷偷攻击别人）自己，那会很危险。

该怎样保护自己呢？鹿为此费尽了**心机**。后来他终于想出了一个好办法：以后到海边去吃草，那里一定很安全。

从这天起，鹿每天都到海边吃草。他用没有受伤的那只眼睛对着陆地，这样，他就可以随时

guān chá lù dì shàng de dòng jìng
观察陆地上的动静。而受伤的那只眼睛当然是

cháo zhe dà hǎi de fāng xiàng le yīn wèi àn cháng lǐ jiǎng liè rén shì bú huì
朝着大海的方向了，因为按常理讲，猎人是不会

zài dà hǎi shàng chū xiàn de
在大海上出现的。

piān piān yǒu yī tiān yī gè liè rén chū hǎi bàn shì huí lái chuán hái méi
偏偏有一天，一个猎人出海办事回来。船还没

kào àn jiù fā xiàn le zhè zhǐ zhǐ yǒu yī zhī yǎn jìng de lù liè rén mǎ
靠岸，就发现了这只只有一只眼睛的鹿。猎人马

shàng dā gōng shàng jiàn yī xià shè zhòng le zhè zhǐ lù
上搭弓上箭，一下射中了这只鹿。

lù lín sǐ shí fēi cháng ào nǎo de shuō dà hǎi ya wǒ shì nà
鹿临死时非常懊恼地说："大海呀，我是那

me de xìn lài nǐ nǐ wèi shén me yào ràng wǒ cóng zhè miàn
么地信赖（信任并依赖）你，你为什么要让我从这面

zāo dào xí jī
遭到袭击？"

本以为最为安全的大海，却给鹿带来了灭顶之灾。可见，生活中有许多事情是我们很难预料的，我们做事之前一定要考虑周全，这样才能尽量减少意外的发生。

lǚ kè hé huái shù
旅客和槐树

名 师 导 读

两个筋疲力尽的旅客，一边躺在槐树荫下纳凉，一边抱怨槐树一无是处。他们的抱怨符合事实吗？听到他们的抱怨，槐树会怎么说呢？

xià tiān jiāo yáng sì huǒ　liǎng gè lǚ kè bèi shài de jīn pí lì jìn

夏天骄阳似火，两个旅客被晒得筋疲力尽（非

常劳累，一点力气也没有了）。到了正午时候，他们来到

yī kē zhī fán yè mào de dà huái shù xià　　zài shù yīn xià tǎng xià lái nà liáng

一棵枝繁叶茂的大槐树下，在树荫下躺下来纳凉。

liǎng gè rén xiū xi de shí hou liáo qǐ tiān lái　　yī gè lǚ kè duì lìng yī

两个人休息的时候聊起天来，一个旅客对另一

gè lǚ kè shuō　　huái shù shì yī zhǒng duō me méi yǒu yòng chù de shù mù wa

个旅客说："槐树是一种多么没有用处的树木哇！

tā suī rán kāi huā　　què bù jiē guǒ zi　　duì rén men shí zài yī diǎn hǎo chù yě

他虽然开花，却不结果子，对人们实在一点好处也

méi yǒu

没有。"

lìng yī gè lǚ kè jiē zhe shuō　　nǐ shuō de yī diǎn er bú cuò　　tā

另一个旅客接着说："你说得一点儿不错。他

zhǎng de zài gāo zài dà yě bù néng zuò mù cái　　zhì duō zhǐ néng dāng chái shāo

长得再高再大也不能做木材，至多只能当柴烧。"

huái shù dǎ duàn tā men de tán huà shuō　　　　nǐ men zhēn shì xiē wàng ēn

槐树打断他们的谈话说："你们真是些忘恩

fù yì　　忘记别人对自己的好处，做出对不起他人的事）的家 de jiā

huo　　　nǐ men zài wǒ de shù yīn xià xiū xi　　zhèng xiǎng shòu zhe wǒ de ēn huì
伙！你们在我的**树荫**下休息，正享受着我的**恩惠**，

jìng shuō wǒ méi yǒu yòng chù　　duì rén méi yǒu yì chù
竟说我没有用处，对人没有益处！"

　　享受槐树阴凉的同时，还抱怨槐树一无是处，这真是两个忘恩负义的家伙。俗话说，滴水之恩当涌泉相报，得到别人的恩惠和帮助之后，我们一定要心怀感恩。

zéi hé lǚ guǎn lǎo bǎn
贼和旅馆老板

名师导读

一个小偷在旅馆租住，想找机会偷点东西，为了骗到旅馆老板漂亮的新衣服，这个小偷会编出怎样离奇的谎言呢？他的图谋能够得逞吗？

yī gè zéi zài lǚ guǎn zū zhù le yī gè fáng jiān
一个贼在旅馆租住了一个房间，

yī lián zhù le hǎo jǐ tiān　　xī wàng tōu yī diǎn dōng xi
一连住了好几天，希望偷一点东西

néng gòu fù fáng qián hé fàn qián　　kě tā děng le hǎo jǐ
能够付房钱和饭钱，可他等了好几

tiān　　dōu yī wú suǒ huò
天，都一无所获（什么收获也没有）。

zhè tiān　　zéi kàn jiàn lǚ guǎn lǎo bǎn chuān zhe yī
这天，贼看见旅馆老板穿着一

jiàn piào liang de xīn yī fu zài mén kǒu zuò zhe　　biàn
件漂亮的新衣服在门口坐着，便

zǒu shàng qián qù　　tóng tā xián tán　　tán
走上前去，同他闲谈。谈

le yī huì er　　tā men dōu
了一会儿，他们都

jué de yǒu diǎn pí juàn
觉得有点疲倦，

zéi dǎ le yī gè hā
贼打了一个哈

qian　　bìng xiàng láng
欠，并像狼

叫似的大吼一声。

旅馆老板疑惑地说：“你怎么喊得这么吓人呢？”

贼说：“我愿告诉你。但请先抓住我的衣服，先生，我自己也不知道我到底什么时候是这样打哈欠，也不知道这种可怕的号叫传染到我身上来是惩罚我的罪孽（应当受到报应的罪恶），还是其他别的原因。但是有一点我是知道的，我要是第三次打哈欠时，就会变成一只狼，去咬伤人。”说完以

后，他又打了第二个哈欠。

旅馆老板听完贼的故事，信以为真，非常恐惧，站了起来，准备逃走。

贼扯住他的外衣，请他留步，并说："先生，请等一等，扯住我的衣服，不然我变成狼时，就会暴怒（疯狂的不受控制的愤怒）地撕破他。"刚一说完，又像狼号叫一样打了第三个哈欠。

旅馆老板害怕贼伤害自己，便赶忙脱下新衣交给贼，逃进旅馆躲藏起来。贼带着新衣连忙逃离了旅馆。

鉴赏心得

　　心怀不轨的人，为了到达某种目的，总会使用各种诡计和谎言。遇到这样的情况，我们一定要擦亮眼睛，不要轻易相信他们的鬼话，以免上当受骗。

tiān é hé jiā é
天 鹅 和 家 鹅

名 师 导 读

有钱人买回了一只家鹅和一只天鹅，家鹅是用来做菜的，天鹅则是用来唱歌的。可是厨子却把天鹅当作家鹅，准备杀掉。这只天鹅能够逃脱被误杀的命运吗？

　　cóng qián　　　yǒu yī wèi yǒu qián rén　　cóng cài shì chǎng mǎi le yī zhī jiā
　　从前，有一位有钱人，从菜市场买了一只家

é hé yī zhī tiān é　　　sì yǎng zài jiā lǐ miàn　　zhè liǎng zhī é yǒu jié rán bù
鹅和一只天鹅，饲养在家里面。这两只鹅有截然不

tóng　　　　　　　　　　　　　　　　　　　de yòng tú　　　jiā é shì yòng
同（完全不相同，没有一点相似之处）的用途：家鹅是用

lái zuò cài de　　tiān é zé shì yòng lái chàng gē de
来做菜的，天鹅则是用来唱歌的。

yī tiān　　yǒu qián rén jiā lǐ lái le yī dà bāng zūn guì de kè rén
一天，有钱人家里来了一大帮尊贵的客人。

dào le chī fàn de shí hou　　yǒu qián rén jué dìng yòng é lái kuǎn dài kè rén
到了吃饭的时候，有钱人决定用鹅来**款待**客人，

jiù fēn fù chú zi qù shā é　　dāng shí é péng lǐ hēi de yào mìng　　shēn shǒu
就吩咐厨子去杀鹅。当时鹅棚里黑得要命，伸手

bú jiàn wǔ zhǐ　　chú zi wú fǎ fēn qīng shì jiā é hái shì tiān é　　jié guǒ
不见五指，厨子无法分清是家鹅还是天鹅，结果

bú xìng de tiān é bèi chú zi dàng chéng jiā é zhuā jìn le chú fáng　　dāng chú zi
不幸的天鹅被厨子当成家鹅抓进了厨房。当厨子

zhèng zài mó dāo de shí hou　　tiān é xiǎng dào zì jǐ jiù yào sǐ diào le　　fēi
正在磨刀的时候，天鹅想到自己就要死掉了，非

cháng shāng xīn
常伤心。

jiù zài zhè shēng sǐ yōu guān（关系到生死的关键时刻）de jǐn jí
就在这**生死攸关**（关系到生死的关键时刻）的紧急

shí kè　　tiān é bù dé yǐ wèi zì jǐ chàng qǐ le shēng mìng de wǎn gē　　měi
时刻，天鹅不得已为自己唱起了生命的**挽歌**。美

miào de gē shēng jīng dòng le yǒu qián rén　　tā gǎn máng xià lóu lái kàn　　kàn dào
妙的歌声惊动了有钱人，他赶忙下楼来看，看到

zhè yī mù　　yǒu qián rén bǎ chú zi dà mà le yī dùn　　fēn fù chú zi fàng le
这一幕，有钱人把厨子大骂了一顿，吩咐厨子放了

tiān é　　tiān é yòng zì jǐ de gē chàng bǎo quán le xìng mìng
天鹅。天鹅用自己的歌唱保全了性命。

鉴赏心得

　　天鹅毕竟是天鹅，危机关头，他凭借美妙的歌声最终使自己化险为夷。由此可见，是金子总会发光的，只要有真才实学，总有被人发现的那一刻。

大力神和车夫
dà lì shén hé chē fū

在一个电闪雷鸣的雨天，车夫的马车陷入了一个深深的泥坑，他着急地向大力神求助。大力神会向他伸出援助之手吗？车夫能够走出困境吗？

一个**电闪雷鸣**（闪电不断，雷声轰鸣）的夜晚，在一条乡间小路上，一个车夫正赶着一辆载满粮食的马车，冒雨往家里赶。

地面越来越泥泞，车夫走起来也越来越**艰难**。
尤其是那四拉着一车粮食的马，每走一步都困难
重重。车夫挥舞着鞭子，不停地**催促**着马向前走。

忽然，黑漆漆的天空划出一道亮光，亮光
照亮了满脸雨水的农夫和**疲惫不堪**（形容非常疲惫）
的马。

紧接着，空中一声巨响。随着这声巨响，那匹马发出了一声嘶叫——天哪！马车陷入了一个深深的泥坑。

这可怎么办哪？车夫急得直搓手，不停地**祷告**着："大力神哪！快来帮忙吧。"

随着又一道闪电，大力神**果然**出现了。他对车夫说："你光求我有什么用，如果要想让马车出来，你也要使劲抬泥坑里的车轮哪！"

大力神的话让车夫**冷静（沉着而不感情用事）**了下来，他一边抬车，一边指挥马往前拉，不一会儿，马车就被拉出了泥坑。

鉴赏心得

受大力神的指点，车夫凭借自己的努力，最终走出了困境。我们在遇到困难的时候，不能只想依靠别人，要冷静思考对策，充分利用现有的条件克服困难。

shòu shāng de láng yǔ yáng
受伤的狼与羊

名师导读

狼在攻击羊群的时候，被从羊群里冲出来的牧羊犬咬伤，正在饥渴难耐的时候，一只离群的羊从身边经过。狼会打什么鬼主意呢？羊会上他的当吗？

yì zhī jī è de láng   fā xiàn xǔ
一只饥饿的狼，发现许

duō yáng jīng cháng   dào yī
多羊经常（常常，总是）到一

gè shān pō shàng chī cǎo   ér qiě
个山坡上吃草，而且

yáng qún lǐ hěn shǎo chū xiàn mù yáng
羊群里很少出现牧羊

rén de shēn yǐng   zhè tài hǎo le   láng zhǎo zhǔn yī gè jī huì zhǔn bèi
人的身影。这太好了！狼找准一个机会准备

xiàng yáng qún fā dòng gōng jī
向羊群发动攻击。

láng xùn sù de xiàng yáng qún chōng guò qù   yǎn kàn jiù yào
狼迅速地向羊群冲过去，眼看就要

jiē jìn yī zhī xiǎo yáng le   jiù zài zhè shí
接近一只小羊了。就在这时，

yáng qún lǐ tū rán chōng chū yī zhī mù yáng quǎn
羊群里突然冲出一只牧羊犬。

hái méi děng láng fǎn yìng guò lái   tā
还没等狼反应过来，他

de tuǐ yǐ jīng bèi mù yáng quǎn hěn
的腿已经被牧羊犬狠

hěn de yǎo le yī kǒu   āi
狠地咬了一口。"哎

哟！"狼忍着剧痛落荒而逃（因为吃了败仗而慌忙逃走）。

最后，狼受伤的腿跑不动了，软绵绵地瘫倒在地上。幸好那只牧羊犬没有追上来。

此刻的狼又累又饿，伤口又疼，而且还渴得厉害，他想找点水喝，却怎么也站不起来。这时一只离群的羊正好从这里路过。狼马上对羊说："可怜可怜我吧！你能帮我找点水喝吗？好让我有力气寻找食物。"

羊说："如果你不渴了，有力气了，就会考虑（思考问题，以作出决定）吃掉我了。"

鉴赏心得

　　羊的做法值得我们学习。坏人为了骗得别人的同情，有时会把自己伪装成非常可怜的样子，一旦你上了圈套，他们就会露出狰狞的面目，因此我们一定要提高警惕。

伊索寓言

猿猴和两个人

一个总爱说实话的人，和一个总爱说谎话的人，来到了猿猴国。面对国王的查问，他们会做出怎样的回答？他们的回答，会给各自带来怎样的遭遇呢？

从前有两个人，他们其中一个总爱说实话，而另一个却爱说谎话。有一次，他们偶然（偶尔一次，没有想到）来到了猿猴国。一只自称为国王的猿猴吩咐手下捉住这两个人，他要查问这两个人对自己的看法。同时他还下令，所有的猿猴都要像人类的朝廷仪式那样，将在他左右分成两行，中间给他留一个王位。一切准备妥当后，他下令，把那两人带到自己面前来，对那两个人说："先生们，你们看，我是怎样的国王？"

爱说谎的人回答说："以我来看，你就像一个最有权力的国王。"

nà me páng biān de yuán hóu ne
"那么旁边的猿猴呢？"

nà rén gǎn jǐn yòu shuō　　　tā men dōu shì nǐ de dòng liáng zhī cái
那人赶紧又说："他们都是你的栋梁之材

zhì shǎo yě néng zuò dà shǐ hé jiàng shuài
（很有用的人才），至少也能做大使和将帅。"

nà yuán hóu guó wáng hé tā de shǒu xià tīng dào zhè fān huǎng huà fēi
那猿猴国王和他的手下听到这番谎话非

cháng gāo xìng　　rán hòu fēn fù bǎ měi hǎo de lǐ wù sòng gěi zhè ge rén
常高兴，然后吩咐把美好的礼物送给这个人。

nà wèi shuō shí huà de rén jiàn dào zhè zhǒng qíng xíng　　xīn xiǎng　　yī fān
那位说实话的人见到这种情形，心想：一番

谎话可以得到这么多丰厚的**报酬**，那么，要是我依照习惯，说了实话，又将会怎样呢？

这时，那猿猴国王转过身来问他："请问，你认为我和我的这些朋友们怎么样呢？"

他说道："你是一只最优秀的猿猴，所以依此类推，你的所有同伴都是优秀的猿猴。"

猿猴国王听到这些实话后，恼羞成怒（被人说中了缺点，觉得十分丢人，下不了台而发怒），将他扔给手下**处置**。

鉴 赏 心 得

　　说谎话的人得到了国王的赏赐，而说真话的人却得到了惩罚，这种不合理的现象，充分暴露了人性的弱点：有些人宁愿听那些好听的假话，也不肯听道出实情的真话。

<span bǎi líng niǎo hé xiǎo niǎo>
百灵鸟和小鸟

名师导读

　　百灵鸟把巢筑在麦田里，听到主人请邻居帮忙割麦子的消息，小百灵鸟非常紧张，而鸟妈妈却认为主人不会马上割麦子。事情会像鸟妈妈判断的那样吗？

　　<span zǎo chūn shí jié>早春时节，<span yī zhī bǎi líng niǎo fēi dào nèn lǜ sè de mài tián lǐ zuò>一只百灵鸟飞到嫩绿色的麦田里做<span cháo>巢。<span guò le bù jiǔ>过了不久，<span xiǎo bǎi líng niǎo men de yǔ máo jiàn jiàn de fēng mǎn>小百灵鸟们的羽毛渐渐地丰满（这

（里指鸟类的毛多而密）了，力气也慢慢地长足了。有一天，麦田的主人去看已**成熟**的麦子，就说："收割的时候到了，我一定要去请所有的邻居来帮忙**收割**。"一只小百灵鸟听到这话后，就赶紧告诉了妈妈，并问妈妈，咱们以后搬到什么地方去住。百灵鸟说："孩子，他并不是真的马上就要**收割**，只是想请他的邻居来帮忙。"几天过后，那个主人又来了，看到麦子已经熟透了，并掉了下来，急切地说："明天我带上家里的帮工和可能雇到的人来收割。"百灵鸟听到这些话后，就向小鸟们说："我们现在该搬家了，因为这一次主人真着急起来了。他不再**依赖**（倚靠，依靠别人的力量）邻居，而要自己亲自动手干了。"

鉴赏心得

鸟妈妈凭借丰富的经验，通过麦田主人的话语，对事情做出了准确的判断。由此可见，有些计划不过是说说而已，只有到了自己亲自动手的时候，才是真正下了决心。

披着狮皮的驴
pī zhe shī pí de lú

披着狮子皮的驴子，把小动物们吓得四处逃窜，他感到非常得意。当狐狸到来的时候，驴子还想故伎重演。狐狸能否从中看出破绽？驴子会有怎样的下场呢？

森林里住着一头驴，经常有野兽袭击（趁别人没有防备的时候偷偷攻击他）他。

有好几次遇到危险，他拼命奔跑，好不容易才免遭毒手。驴子想，要是能变成狮子该多好哇。

有一天，驴子在森林里闲逛，突然，他发现前面有一张狮子皮，可能是猎人不小心丢下的。

驴子高兴极了，心想：我把狮子皮披上，扮成狮子去吓唬小动物！对，就这么办。

于是，驴子真得披上了狮子皮，悄悄地出现在动物面前。

小兔正在吃草，忽然看见狮子站在面前，赶紧钻进了洞里。

小松鼠也慌忙（紧张而忙乱的样子）爬上了大树，小鹿吓得撒腿就跑，连头都不敢回。

驴子见他们被吓成这样，高兴地哈哈大笑。

动物们这才听出是驴子在吓唬他们，大家都责怪驴子太过分了。

忽然，小松鼠喊了一声："大家快逃哇，狐狸来啦！"

紧接着，小动物们躲的躲，跑的跑，都离开了。

驴子正要跑，忽然想

193

起自己现在已经是狮子，用不着怕狐狸了。

于是，驴子大摇大摆地走到狐狸面前。狐狸看

见狮子掉头就跑，驴子看到以前袭击他的狐狸被吓

跑了，非常开心，忍不住"咳咳"叫了几声。

狐狸听到了驴的叫声，明白是驴子在捣鬼（暗

中耍弄诡计戏弄别人或破坏别人做事）。他转过头，向驴

子猛冲过来，一口把驴子咬死了。

　　这则寓言告诉我们：无论多么巧妙的伪装，都有被人识破的时候，我们不能怀着侥幸心理，去做那些不该做的事情。

qiáng wēi yǔ jī guān huā
蔷薇与鸡冠花

名师导读

　　凭借娇嫩的花瓣和鲜艳的颜色，蔷薇花深受人们的喜爱。面对鸡冠花热情的赞美，蔷薇花会说些什么呢？他会骄傲吗？我们应该从故事中受到什么启发？

　　zài yī zuò huā yuán lǐ　　kāi fàng zhe gè zhǒng gè yàng de xiān huā　　měi
　　在一座花园里，开放着各种各样的鲜花。每

gè rén cóng huā yuán páng biān jīng guò shí　　dōu jīn bú zhù zàn tàn　　zhè lǐ
个人从花园旁边经过时，都禁不住赞叹："这里

de xiān huā zhēn piào liang
的鲜花真漂亮！"

　　cóng cǐ　　biàn jīng cháng yǒu rén zhàn zài zhè cóng qiáng wēi huā qián zhù
　　从此，便经常有人站在这丛蔷薇花前驻

zú　　 táo zuì
足，陶醉（很满意地沉浸在某种环境

中）
zài qiáng wēi zuì rén de xiāng qì zhōng
在蔷薇醉人的香气中。

195

人们的这种举动对花儿来说可是最大的**荣耀**。在花园里，无论是月季花，还是郁金香，都非常**羡慕**蔷薇花。尤其是鸡冠花，更是羡慕得不行。

一天，鸡冠花对蔷薇花说："你多漂亮啊！无论是娇嫩的花瓣，还是鲜艳的颜色，都是一流的。特别是你的香气，更让我们**自愧不如**（自己感叹自己不如别人）。"

听了鸡冠花的话，蔷薇花淡淡地说："快别这么说了，我的花的确很美丽，但也会很快**凋零**。而你们的花却能在平平淡淡中长时间地开放。我倒是很羡慕你们哪。"

是吗？鸡冠花怎么没想到这一点呢？

鉴赏心得

寸有所长，尺有所短。每个人都有自己的优点和长处，珍惜自己的优点胜过羡慕别人的长处。面对别人的赞美，蔷薇花表现得谦虚而理性，这一点很值得我们学习。

láng piàn mù rén
狼骗牧人

名 师 导 读

狼总是跟在羊群后面，希望能成为牧羊人的看羊狗。通过一连串的考验之后，牧羊人答应了狼的请求。狼能够成为一只忠实的看羊狗吗？接下来会发生什么故事呢？

yī zhī láng gēn zhe yī qún yáng   tā jì bú kuài   yě bú màn   zhǐ shì
一只狼跟着一群羊。他既不快，也不慢，只是

qiāo qiāo de gēn zhe zǒu   hěn cháng shí jiān guò qù le   tā yī zhī yáng yě méi
悄悄地跟着走，很长时间过去了，他一只羊也没

yǒu shāng hài
有伤害。

láng gēn zài yáng de hòu miàn wèi shén me huì zhè me lǎo shi ne   yīn wèi mù
狼跟在羊的后面为什么会这么老实呢？因为牧

yáng rén shí zài tài lì hai le   tā de shuāng yǎn xiàng lì jiàn yī yàng   jǐn jǐn
羊人实在太厉害了，他的双眼像利剑一样，紧紧

de jiāng láng dīng zhù   bù gěi tā yī diǎn kě chéng zhī jī
地将狼盯住，不给他一点可乘之机（可以利用的机会）。

shí jiān cháng le   mù yáng rén yǒu xiē chén bú zhù qì le   biàn wèn láng
时间长了，牧羊人有些沉不住气了，便问狼：

nǐ wèi shén me zǒng shì gēn zhe wǒ men   shì bú shì xiǎng tōu yáng chī   zhēn shì
"你为什么总是跟着我们，是不是想偷羊吃？真是

nà yàng   jiù bié zuò mèng le   wǒ bú huì ràng nǐ dé chěng de
那样，就别做梦了，我不会让你得逞的！"

láng tīng le mù yáng rén de huà   mǎ shàng zài liǎn shàng duī qǐ xiào róng
狼听了牧羊人的话，马上在脸上堆起笑容，

duì mù yáng rén shuō   nǐ wù huì le   wǒ shì kàn dào bié rén jiā de yáng qún
对牧羊人说："你误会了，我是看到别人家的羊群

都有狗陪着，而你们家却没有，我是想当你的看羊狗。"

"什么？你当看羊狗？"牧羊人简直不敢相信自己的耳朵，"你可真会开玩笑，你当了看羊狗，羊可就遭殃了！"

狼却板起面孔，严肃地回答说："先生，你未免太小瞧人了，我可与其他的狼不一样，从不伤害任何动物，我会用我的行动来证明我是无辜的。"

牧羊人听了狼的话，不以为然（不认为是这样，表示否定或不同意），依然十分小心地提防着狼。一连几天过去了，狼一步不落地紧跟着羊群。牧羊人看到狼没有流露出任何要伤害羊的意图。如果这只狼真让人信得过的话，那就让他当看羊狗。牧羊人有了打算，便决定考验考验这只狼。

这天早上，牧羊人早早就起来了，他悄悄地躲在一个角落里，偷偷地观察狼的动静。

牧羊人哪里料到，狼早就看破了他的意图，

wèi le qǔ dé tā de
为了取得他的
xìn rèn　　láng shǐ zhōng yǔ yáng qún
信任，狼始终与羊群
bǎo chí yī dìng de jù lí　　cóng bú qù sāo rǎo rèn
保持一定的距离，从不去骚扰任
hé yī zhī yáng
何一只羊。

　　jǐ gè xiǎo shí guò qù le　　yáng qún ān rán wú yàng
　　几个小时过去了，羊群安然无恙（指人或事物很
平安，一点损害也没有）。这回牧羊人放心了，他不再
dī fang láng　　bìng qiě ǒu ěr lí kāi yáng qún yī duàn shí jiān　　yě méi yǒu shén
提防狼，并且偶尔离开羊群一段时间，也没有什
me yì wài qíng kuàng fā shēng
么意外情况发生。

　　suí zhe shí jiān de liú shì　　mù yáng rén duì láng yǐ wán quán xìn rèn
　　随着时间的流逝，牧羊人对狼已完全信任
le　　yī tiān　　mù yáng rén yào jìn chéng qù bàn shì　　lín zǒu shí　　mù yáng
了。一天，牧羊人要进城去办事，临走时，牧羊

人将狼叫到跟前，对他说："狼啊，我今天要进城办事，你要好好儿照顾羊群，不许有半点差错，否则我回来后决不饶你！"

狼立即回答说："先生请放心，有我在，羊群就在，少一只羊，你就拿我问罪。"

牧羊人刚一走，狼就露出了本来面目，冲进羊群，一口一个狠狠地咬着羊，很快大半的羊群都被他咬死了。

狼吃饱肚子，也就溜之大吉了。牧羊人回来一看，追悔莫及（连后悔都来不及了），对自己说："我真是活该，怎么能将羊群托付给狼呢？"

鉴赏心得

生活中也有一些像狼一样善于伪装的坏人，我们一定要及早认清他们的本性，以免酿成大错。

伊索寓言

老猎狗

名 师 导 读

猎狗年轻的时候，从来没有向森林里的任何野兽示弱过；但年老之后，竟然让野猪从眼皮底下逃走了。主人能够原谅他吗？猎狗又会有怎样的内心感受呢？

yǒu yī zhī liè gǒu　　zài nián qīng lì zhuàng de shí hou　　cóng lái méi yǒu
有一只猎狗，在**年轻力壮**的时候，从来没有

xiàng sēn lín lǐ de rèn hé yě shòu shì ruò
向森林里的任何野兽示弱（表示自己软弱，不敢同对方

guò　　kě shì xiàn zài tā nián jì dà le　　shēn tǐ yě dà bù rú yǐ
较量）过。可是现在他年纪大了，身体也大不如以

qián le
前了。

yǒu yī cì zài shòu liè shí　　lǎo liè
有一次在狩猎时，老猎

gǒu yù dào le yī zhī dà yě zhū　　tā
狗遇到了一只大野猪，他

hěn yǒng gǎn de pū shàng qù yǎo zhù yě
很勇敢地扑上去咬住野

zhū de ěr duo　　dàn shì tā de yá chǐ yǐ jīng yīn nián jì lǎo ér sōng dòng
猪 的 耳朵，但是 他 的 牙 齿 已 经 因 年 纪 老 而 松动

le　　yǎo bù láo le　　jié guǒ ràng yě zhū zhèng tuō táo zǒu le
了，咬 不 牢 了，结 果 让 野 猪 挣 脱 逃 走 了。

lǎo liè gǒu de zhǔ rén wén xùn　　　　　　　　　pǎo guò lái　　kàn dào
老 猎 狗 的 主 人 闻讯（听到消息）跑 过 来，看 到

yě zhū yǐ jīng táo pǎo le　　hěn shì shī wàng　　jiù hěn hěn de mà le liè gǒu
野 猪 已 经 逃 跑 了，很 是 失 望，就 狠 狠 地 骂 了 猎 狗

yī dùn
一 顿。

lǎo liè gǒu gǎn dào shòu le wěi qū　　tái qǐ tóu yǎn lèi wāng wāng de
老 猎 狗 感 到 受 了 委屈，抬 起 头 眼 泪 汪 汪 地

wàng zhe zhǔ rén shuō　　　zhǔ rén na　　zhè kě bù néng quán guài wǒ ya
望 着 主 人 说："主 人 哪！这 可 不 能 全 怪 我 呀！

wǒ de jīng shen réng jiù xiàng cóng qián yī yàng hǎo　　zhǐ shì wǒ de jīng lì bú
我 的 精 神 仍 旧 像 从 前 一 样 好，只 是 我 的 精 力 不

jì le　　yīn wèi wǒ méi yǒu bàn fǎ zǔ zhǐ zì jǐ shuāi lǎo wa　　jì rán
济 了，因 为 我 没 有 办 法 阻 止 自 己 衰 老 哇！既 然

wǒ céng jīng yīn wèi guò qù de biǎo xiàn shòu dào zàn yáng　　jiù bù yīng gāi yīn
我 曾 经 因 为 过 去 的 表 现 受 到 赞 扬，就 不 应 该 因

wèi wǒ xiàn zài de zhuàng tài ér shòu dào zé bèi ya
为 我 现 在 的 状 态 而 受 到 责备 呀！"

鉴赏心得

　　主人不顾念猎狗年轻时的贡献，对年老体衰的猎狗狠狠责骂，这种做法很不近人情。每个人都会有年老的那一天，我们要学会尊重和爱护老年人，不能嫌弃和责备他们。

伊索寓言

yī shēng yǔ bìng rén
医生与病人

　　一个病情严重的人，到熟悉的医生那里看病，医生没有如实告诉患者病情，只是安慰了他。患者能够恢复健康吗？医生的这种做法对吗？

　　yī tiān　　yī shēng zhèng zài zì jǐ de zhěn suǒ lǐ gōng zuò　　hū rán yǒu
　　一天，医生正在自己的诊所里工作，忽然有
gè shú rén lái kàn bìng
个熟人来看病。

　　yī shēng gěi zhè ge rén zuò le jiǎn chá
　　医生给这个人做了检查（详细地查看身体状况），
fā xiàn tā dí què bìng le　　ér qiě bìng de bù qīng　　zhè shí　　bìng rén wèn
发现他的确病了，而且病得不轻。这时，病人问
yī shēng　　nín shuō wǒ de bìng yán zhòng ma
医生："您说我的病严重吗？"

　　yī shēng wèi le
　　医生为了
ān wèi zhè ge shú xi
安慰这个熟悉
de péng you　　jiù shuō
的朋友，就说：
bú suàn yán zhòng
"不算严重。"
bìng rén tīng le yī shēng
病人听了医生

203

de huà　guǒ rán hěn gāo xìng de zǒu le
的话，果然很高兴地走了。

bù jiǔ　　bìng rén yòu lái zhǎo yī shēng　　kě zhè cì hé shàng cì xiāng bǐ
不久，病人又来找医生。可这次和上次相比，

tā de bìng qíng yǐ jīng hěn yán zhòng le　　yī shēng bì xū bǎ bìng rén liú xià lái
他的病情已经很严重了，医生必须把病人留下来

zhì liáo le　　jǐn guǎn yī shēng jìn le yī qiè bàn fǎ jiù zhì　　dàn yóu yú zhè
治疗了。尽管医生尽了一切办法救治，但由于这

ge rén yǐ jīng bìng rù gāo huāng
个人已经病入膏肓（病到了无法医治的地步，也比喻事

情严重到了不可挽救的程度），医生也无回天之力，不
yī shēng yě wú huí tiān zhī lì　　bù

jiǔ zhè ge rén jiù qù shì le
久这个人就去世了。

jǐ tiān hòu　　yī shēng lái cān jiā zhè ge rén de zàng lǐ　　tā gǎn kǎi
几天后，医生来参加这个人的葬礼，他感慨

de duì sòng zàng de rén shuō　　yào shì tā huó zhe de shí hou　　bú zài xù
地对送葬的人说："要是他活着的时候，不再酗

jiǔ　　xiàn zài yī dìng hái néng hǎo hǎo er de huó zhe
酒，现在一定还能好好儿地活着。"

zhè shí　　wáng zhě de qīn shǔ dà shēng zhì wèn yī shēng　　bìng rén shēng
这时，亡者的亲属大声质问医生："病人生

qián yě zhǎo nín kàn guò bìng　　dāng shí nín wèi shén me bú gào su tā　　tā de bìng
前也找您看过病，当时您为什么不告诉他，他的病

yǐ jīng hěn zhòng le　　bù néng zài xù jiǔ
已经很重了，不能再酗酒（没有节制地喝酒）了呢？
le ne

xiàn zài shuō zhè xiē　　nín bù jué de yǒu xiē wǎn le ma
现在说这些，您不觉得有些晚了吗？"

鉴赏心得

　　由于医生没有及时提醒病人，使得病人继续酗酒，进而丧
命。我们感到遗憾的同时，也深深地意识到：无论从事什么职业，
都要有高度的责任感。

樵夫与斧子
qiáo fū yǔ fǔ zi

名师导读

一个贪玩的樵夫，在匆忙砍柴的时候，不小心砍伤了自己的脚，于是，他把所有的怨气都发泄到斧子的身上。听到主人愤怒的责骂，斧子心里会怎么想呢？

从前，有一个年轻的樵夫上山去砍柴。他工作十分不认真，总是砍砍停停，不是去捉蝴蝶，就去摘果子吃。到了中午，他砍的柴还远远不够妈妈烧一天的。这下他可开始着急了，就匆匆忙忙地砍起来。

突然，一不小心，他把斧子砍在了自己的脚上，鲜血顿时（立刻、马上、一下子）直往外流。他痛痛难忍，用手捂住脚，心里又气又恨。这时，他看到斧子仍然悠闲地躺在地上，心里更来气了，他冲着斧子嚷道："你这个可恶的家伙！你真是太不小心了，竟然把你主人的脚给弄伤了！世界上再也没有比你更让人讨厌的东西啦！"刚一说完，他就十分气愤地把斧子扔到远处去了。

斧子感到十分委屈，就对樵夫说："主人哪，请你不要怪罪（责备或埋怨）我，这也不完全是我的错，要怪也该怪您的手哇！"

鉴赏心得

　　这个故事告诉我们，在生活中，我们要敢于承认错误，敢于承担责任，敢于反省自己，这样才能避免今后出现类似的错误。

shā rén fàn
杀人犯

一个杀人犯被追得走投无路，逃进了尼罗河畔的森林里。在这个野兽出没的原始丛林里，杀人犯会经历哪些惊心动魄的场面呢？他能够逃脱应有的惩罚吗？

yǒu gè shā rén fàn　　bèi zhuī de zǒu tóu wú lù

有个杀人犯，被追得走投无路（没有路可以

le　　tāo dào le ní luó

走了，形容处境十分困难，找不到出路）了，逃到了尼罗

hé zhè ge dì fang

河这个地方。

shā rén fàn kàn dào ní luó hé de liǎng àn shì mào mì de sēn lín

杀人犯看到尼罗河的两岸是茂密的森林，

xǔ duō yě shēng zhí wù shàng hái zhǎng mǎn le gè zhǒng kě yǐ chī de guǒ

许多野生植物上还长满了各种可以吃的果

zi　　xīn lǐ shí fēn gāo xìng　　xiǎng dào　　zhè ge dì fang dì xíng fù

子，心里十分高兴，想道：这个地方地形复

zá　　róng yì duǒ cáng　　hái yǒu hěn duō kě yǐ chī de shí wù

杂，容易躲藏，还有很多可以吃的食物。

zhèng zài tā yōu xián zì dé de shí hou　　hū rán tīng dào yī zhèn xiǎng

正在他悠闲自得的时候，忽然听到一阵响

shēng　　tái tóu yī kàn　　yuán lái yǒu yī tóu shī zi xiàng tā pū lái　　tā xià

声，抬头一看，原来有一头狮子向他扑来，他吓

de zhuǎn shēn jiù táo　　kě zěn me néng yǒu shī zi pǎo de kuài ne

得转身就逃，可怎么能有狮子跑得快呢？

zuì hòu　　tā jí zhōng shēng zhì pá dào le yī kē dà shù shàng　　cái

最后，他急中生智爬到了一棵大树上，才

duǒ kāi le shī zi de zhuī jī

躲开了狮子的追击。

看着远去的狮子，他暗自庆幸（暗地里庆祝自己的幸运）自己命大，就在这时，他猛地觉得手中一个东西在滑动，仔细一看，原来他把一条毒蛇当做树枝抓到了手里。

现在那条毒蛇正吐着长长的舌头向他咬来，他吓得一松手，慌乱中整个人掉进了树下的河里。

杀人犯在水里拼命地挣扎，想游到岸上逃命，一条鳄鱼看到这么好的食物从树上掉下来，马上游过来对杀人犯张开了大嘴。

杀人犯连忙说："鳄鱼，请你别吃我。我有好多好多钱，你放了我，我一定好好儿报答你。"

鳄鱼冷笑了一声说："谁会去相信一个杀人犯的承诺（对某项事务答应照办）呢？"说完，一口把杀人犯吃进了肚里。

鉴赏心得

　　十恶不赦的杀人犯最终葬身鳄鱼腹，得到了应有的惩罚。这个故事告诉我们，信任是长期积累的结果，只有信守承诺的人才会被信任。没有人会相信一个杀人犯的承诺。

我写读后感

读《伊索寓言》有感

靳 鹏

《伊索寓言》通过拟人化的手法，将那些性格各异，喜好不同的飞禽走兽加以描绘，用来比喻形形色色的人，并通过它们揭示人间的真伪、善恶与美丑。在这么多篇寓言里，我最喜欢的是《看见狮子的狐狸》，讲的是有只狐狸从来没有见过狮子。有一天，它们终于遇上了。头一回见到这威武雄壮的庞然大物，狐狸可吓得要命，抱头鼠窜落荒而去。可巧它们又相遇了，虽然是第二次相会，狐狸的心里仍是七上八下恐慌不已，但比上次要好得多了。等到第三次相见时，狐狸竟信心十足地走上前去，哈啰哈啰地跟狮子闲聊起来。

　　看完这个故事后，我明白了一个道理：当我们遇到困难的时候，要勇敢地去面对，并想好解决问题的方法。

　　《伊索寓言》把一个个深奥的哲理用故事的方式浅显地表达出来，因此在古希腊，《伊索寓言》甚至是衡量一个人知识的尺度。当时著名的喜剧作家阿里斯托芬曾写过这样一句台词："你连《伊索寓言》也没有熟读，可见你是多么无知和懒散。"

　　《伊索寓言》真是本好书。

编者声明

在本书的编选过程中，我们一直积极地与作者联系，并取得了大部分作者的授权。但由于本书选文范围广，审校时间长，加之部分作者的通信地址不详，一时未能与某些作者取得联系。在此谨致歉意，并敬请作者见到本书后，及时与我们联系，我们将按国家相关规定支付稿酬并赠送样书。

"超级阅读"编辑部

联系电话：010-51650888

邮箱：supersiwei@126.com